En pensant au Fred

Sommaire

Avertissement

Le livre-document que nous publions ici constitue une somme d'informations irremplaçables sur les graves événements qui ont secoué la France pendant la campagne présidentielle de 1988.

Il est composé de deux types de matériaux. L'essentiel est l'investigation, minutieuse, menée par Jean Duchateau sur ces événements, à partir du meurtre commis à TF1. Dans les coulisses de la télévision, et dans celles du monde politique, l'auteur a suivi, minute par minute, pendant leur déroulement, toutes les péripéties de l'enquête du commissaire Reboul.

C'est ce récit-choc, élaboré chapitre après chapitre et donné au fur et à mesure à composer à l'imprimerie, que nous nous apprêtions à publier lorsque sont survenues les incroyables péripéties que l'on sait. Nous avons alors reçu l'original du « journal » tenu, pendant ces événements, par Jean Duchateau lui-même.

Faute d'indications précises de la part de l'auteur — avec qui nous n'avons plus eu de contact — nous avons pris la décision d'inclure dans le récit, aux dates correspondantes, les pages du journal de Jean Duchateau : les lignes écrites par lui au soir du lundi tragique ont donc été placées immédiatement à la suite de son récit de cette journée, et ainsi de suite.

Persuadés d'être ainsi fidèles au souhait de l'auteur, nous mesurons par ailleurs la responsabilité que nous assumons en toute conscience : celle de fournir les pièces essentielles d'un dossier indispensable. Pour l'Histoire ; et d'abord pour le procès qui ne va pas manquer de s'ouvrir.

LES ÉDITIONS CALMANN-LÉVY

1

UNE, PREMIÈRE : CLAP DE DÉBUT

Lundi, TF1, 15 rue Cognacq-Jay à Paris (7e), 12 h 59

Dans la régie du studio 4, assis face aux commandes qui évoquent irrésistiblement celles d'un Boeing, le réalisateur Jacques Asline, entouré de son staff, n'est pas plus énervé que d'habitude. C'est dire qu'il l'est énormément.

« Marcel, nom de Dieu, beugle-t-il dans le micro placé devant lui, ton cadrage a encore bougé. Qu'est-ce que tu fous, on a l'antenne dans trente-cinq secondes ! »

13 heures. Gros plan sur l'invité. Un sourire jovial, une voix que les téléspectateurs ont appris à connaître : « Bonjour ! » Puis plan américain sur Marie-Laure Augry et sur Yves Mourousi, et le journaliste-vedette enchaîne, d'une voix plus enrouée et plus enjouée que jamais :

« L'invité de ce journal est donc Jean-Marie Le Pen, l'une des grandes vedettes de cette campagne présidentielle, à qui nous aurons, tout à l'heure, des tas de questions à poser sur son rôle d'ici le 24 avril, et puis d'ici le second tour, et peut-être au-delà du second tour. Mais en attendant, l'actualité du jour, Marie-Laure... »

Le journal est lancé. Les 17 % de téléspectateurs — chiffre certain, foi d'Audimat — ne garderont sans doute aucun souvenir de l'essentiel des nouvelles de la journée. Mais ils ne sont pas prêts d'oublier la première minute de la partie « interview du jour ».

Il est maintenant 13 h 22. Yves Mourousi a rejoint le coin « invités ». Plein cadre sur lui :

« Jean-Marie Le Pen, je crois qu'on peut le dire, vous êtes un peu la star de cette campagne pour l'élection présidentielle. Vous êtes en même temps la cible des attaques de certains candidats, cependant que d'autres semblent vous ménager pour récupérer vos voix au second tour. La gauche questionne tous les jours Raymond Barre ou Jacques Chirac et les presse de clarifier leurs relations avec vous. Et pendant ce temps-là, vous grimpez encore dans les sondages. Alors, Jean-Marie Le Pen, quel effet cela vous fait-il d'être, comme ça, au centre des préoccupations de tout le monde ? »

Gros plan sur Le Pen. Et immédiatement, une énorme déflagration. A peine le temps de découvrir la stupeur sur le visage du président du Front national : sa tête explose, son corps est projeté en arrière, le sang gicle sur les murs du studio, sur Mourousi. Le Pen s'affaisse. Le candidat-vedette à l'élection présidentielle est mort assassiné, ce lundi 7 à 13 h 23, en direct, sous le regard incrédule et fasciné de six millions sept cent mille spectateurs.

Dix fois, cent fois, on reverra ces images dans les jours qui viendront, à vitesse normale et au ralenti, sur tous les écrans du monde et de Navarre, et l'on discernera mieux des détails qui avaient échappé à la première vision. L'immédiateté du coup de feu, dès que la caméra se fut braquée sur Le Pen, les flots de sang versés, le silence total après la détonation, aussitôt suivi de la panique et des cris du studio. Le mouvement de regard d'Yves Mourousi, d'abord agacé en direction de la caméra, puis horrifié en se retournant vers Le Pen, l'évanouissement subit du présentateur, la cohue des journalistes et des techniciens, s'agitant en tous sens en hurlant. Ces incroyables, ces interminables minutes où l'œil électronique continue d'enregistrer des images, avant qu'enfin, le professionnalisme machinal reprenne le dessus et qu'on sache à nouveau quoi dire, quoi montrer, au téléspectateur.

Rue Cognacq-Jay, 14 h 30

Le commissaire Reboul — physique à la Raymond Souplex, mais habillé chez Biderman — fait son entrée à TF1, flanqué de son fidèle adjoint, l'inspecteur principal — elle déteste qu'on dise « l'inspectrice » — Chantal Dupuis, celle qu'à la P.J. on surnomme « La Bardot » parce que, c'est vrai, elle rappelle quelque chose de l'ex-idole des sixties du temps de sa splendeur.

Reboul est inquiet. Se voir coller sur le dos un attentat contre Le Pen, en pleine campagne présidentielle, ne l'enthousiasme pas. Bien sûr, certains verraient cela comme une aubaine, pour la notoriété que cela procure, pour le plaisir d'enquêter dans le milieu des puissants, et pour les perspectives d'avancement à la clé. Mais quand on est un tant soit peu clairvoyant, on sait que les puissants sont irascibles, que les médias sont peu fiables et que les meilleurs carrières se font en eaux calmes. Reboul a du reste déjà eu l'occasion d'enquêter dans les milieux de la presse et de la politique — peut-être est-ce pour cela qu'on l'a choisi — et il sait qu'il lui faudra marcher sur des œufs.

Et puis, avec un attentat de ce genre, qui n'a visiblement pas été commis par des amateurs, les perspectives de succès de l'enquête sont incertaines. Pourtant le ministre de l'Intérieur, au téléphone, tout à l'heure, a été clair, et d'ailleurs involontairement comique : « Vous travaillerez en liaison directe avec moi. Je veux des résultats rapides. Vous m'entendez, Reboul : et que ça saute ! » Mais ça a déjà sauté !

Le hall d'entrée de TF1 est noir de monde : photographes, journalistes, badauds, membres du personnel de la maison, qu'une poignée de gardiens de la paix canalise avec les moyens du bord. Le commissaire et son adjointe sont accueillis par un inconnu de TF1 posté là pour les attendre — « Cyrille Du Peloux », se présente-t-il — qui les entraîne aussitôt vers « le lieu du crime ».

La foule est presque aussi dense sur le studio 4 que dans le hall. Reboul exige qu'on fasse immédiatement sortir tous ceux qui n'ont rien à y faire, et s'installe, en compagnie de Chantal Dupuis, dans le seul endroit où l'on puisse s'isoler un moment, la régie 4 — qui domine le studio d'un demi-étage. Le commissaire Martin, qui a procédé aux premières constatations, leur présente son rapport.

« C'est un mécanisme très ingénieux », explique-t-il du ton du connaisseur soupesant une horloge ancienne, un samedi matin aux Puces. « Le mécanisme de tir a été intégré à une caméra du plateau. Dès que cette caméra a commencé à prendre Le Pen en gros plan, le dispositif de tir qui avait été fixé à l'intérieur s'est automatiquement déclenché, et bien sûr comme la caméra était braquée sur le visage de Le Pen, ça ne pouvait pas le louper : bang, en pleine poire, et en direct !

— Mais comment est-ce possible ? Comment pouvait-on savoir que cette caméra serait sur Le Pen à ce moment-là ? interroge Chantal.

— Je vais essayer de vous montrer ce que j'ai compris, reprend Martin. Mais peut-être serait-il plus simple de faire monter le réalisateur, pour qu'il vous explique lui-même le fonctionnement de toutes ces machines... »

On fait donc quérir Jacques Asline. Reboul ne peut cacher son étonnement à la vue du jeune homme en jeans :

« C'est vous le réalisateur ? Je pensais que le réalisateur était celui qui dirigeait tout, pendant une émission...

— Ben oui, rétorqua Asline en essuyant ses lunettes, c'est moi qui étais aux manettes... Je dirigeais tout, si vous préférez... »

Reboul, Martin et Chantal Dupuis apprennent ainsi à quoi sert le réalisateur du journal télévisé, véritable aiguilleur du ciel, chargé de faire en sorte que chaque démarrage ou arrivée d'un sujet du journal s'opère en douceur. Mais c'est évidemment le passage d'une caméra de direct à l'autre qui intéresse surtout les enquêteurs : comment Le Pen a-t-il pu être tué par un dispositif intégré dans une caméra ?

Les explications d'Asline ne sont pas limpides — c'est

difficile d'expliquer à des béotiens le maniement d'une technologie dont on se sert tous les jours — mais les trois policiers comprennent tant bien que mal le fonctionnement de ces installations sophistiquées.

Dans le studio, distants de quelques mètres l'un de l'autre, deux espaces sont organisés. L'un est un long meuble bas, derrière lequel s'installent, comme à un bureau, les présentateurs du journal, Yves Mourousi, Marie-Laure Augry, et éventuellement les journalistes qui viennent présenter un « sujet » ou un commentaire en direct. L'autre est le coin « invités de la campagne présidentielle ».

A la fin de la partie « journal », pendant que passe à l'antenne le dernier sujet filmé, Yves Mourousi se déplace vers le coin « invités », et c'est là que le retrouvent les téléspectateurs.

L'emplacement des caméras a été réglé de manière à préserver le meilleur confort pour l'œil du spectateur, et aussi pour éviter trop de manipulations aux machinistes pendant l'émission. Au total, « sans compter le prompter et la verticale », précise Asline, cinq caméras sont utilisées pour filmer le journal.

Joignant le geste à la parole, le réalisateur s'assied devant ses commandes, appuie sur plusieurs boutons. Devant eux, Reboul et ses collègues voient s'allumer une série d'écrans de télévision, fixés au mur sur deux rangées horizontales.

« Vous voyez, continue Jacques Asline. Sur chacun de ces écrans, vous avez l'image filmée par l'une des caméras du studio. »

En effet, sous chaque récepteur allumé, les enquêteurs peuvent lire l'indication « Caméra 1 », « Caméra 2 », et ainsi de suite jusqu'à « Caméra 5 ».

« C'est mon boulot de réalisateur — poursuit Asline — de sélectionner laquelle, de ces cinq images, passe à l'antenne et est vue par le téléspectateur. Regardez : je pianote sur ces boutons, et je choisis en permanence entre la caméra une, la deux, ou la quatre, en fonction de ce qu'il y a de plus intéressant à montrer...

— C'est-à-dire en fonction de celui qui parle ? l'interrompt Martin.

— Pas toujours, ce serait monotone, on finirait par s'ennuyer, fait remarquer Asline. Des fois, c'est plus révélateur de faire un plan sur quelqu'un qui écoute, ou qui fait un geste de la main, ou qui rigole, bref qui réagit...

— Oui, bien sûr, opine Reboul. Mais, dites-moi, chaque caméra ne reste pas immobile. Comment les cameramen en bas, en studio, savent-ils quoi filmer ?

— C'est moi qui les dirige, explique le réalisateur. Derrière chaque caméra, il y a un cadreur. Tous les cadreurs ont un casque, avec des écouteurs sur les oreilles, et je leur donne des directives par le micro d'ordres, qui est ici devant moi.

— Mmm, marmonne Reboul. Et voyez-vous, d'ici, quelle est l'image que vous avez sélectionnée, et qui passe à l'antenne ?

— Oui, regardez... »

Asline indique, au milieu de la rangée des récepteurs, un écran intitulé « régie finale », signalé par une petite lumière rouge.

« Vous voyez, si je décide de balancer, par exemple, l'image de la caméra 4 à l'antenne, j'appuie sur le bouton de la 4 et c'est cette image qui se retrouve automatiquement en “ finale ”... »

Pour mieux observer l'emplacement des caméras, le petit groupe redescend en studio. Dans la pièce désormais presque vide, Reboul ressent mieux le drame qui s'est joué il y a moins de deux heures et qu'il n'a pas vu, lui, en direct. Les taches de sang, immenses, indécentes, maculent la moquette et les deux murs d'angle. Un trait de craie entoure l'endroit où le candidat du Front national s'est effondré. Partout, du matériel renversé atteste l'ampleur de la panique qui s'est emparée des témoins.

« Quelle est la caméra d'où le coup est parti ? demande Reboul.

— Celle-ci », fait Martin, en l'attirant vers l'un des gros engins montés sur roulettes. Sur la caméra elle-même, en gros caractère, le chiffre 3.

Le commissaire Reboul scrute l'objectif du monstre. Il sait que, plus tard, les experts en balistique le souleront avec d'innombrables remarques sur le dispositif de tir, le type d'arme, son calibre, le dessin exact des balles. Pour l'heure, il se contente d'enregistrer la situation au moment du meurtre. Le coup est donc parti de l'iris de l'œil de cette caméra-vidéo, cette caméra 3, au verre maintenant brisé...

Reboul est interrompu dans son inspection par un policier en uniforme, qui lui tapote la manche tout en portant respectueusement sa main libre à sa casquette :

« Pardon, monsieur le commissaire, mais M. le ministre vous demande de venir le voir au sixième étage. Si vous voulez bien, je vous montre le chemin... »

Le commissaire dit quelques mots à l'inspecteur Dupuis, et suit le gardien de la paix. Deux couloirs. Un ascenseur plutôt nerveux. Sixième étage. Pas mal de monde dans l'antichambre du bureau vers lequel on le conduit. Reboul repère au passage des têtes connues, celles de journalistes qu'il voit en général dans son salon, sur son petit écran, celles aussi de quelques hommes politiques, d'une chanteuse, d'un acteur aussi, lui semble-t-il... Il n'a pas le temps de s'arrêter. Le policier qui le conduit s'efface pour lui ouvrir une porte. Celle, apprendra-t-il plus tard, de Michèle Cotta, le directeur de l'information de la chaîne.

C'est plus tard aussi qu'il se rendra mieux compte des dimensions, confortables, de ce bureau. A l'heure qu'il est, la pièce est surpeuplée et paraît minuscule.

Charles Pasqua interrompt sa conversation pour accueillir le dernier arrivé :

« Ah, Reboul, venez par ici », tonne-t-il. Puis, le commissaire s'étant approché : « Voici le commissaire Reboul, un des tout meilleurs éléments de notre police nationale, à qui j'ai personnellement demandé de s'occuper de cette affaire. Reboul, tout le monde ici compte sur vous pour mettre la main illico sur ceux qui ont fait le coup. Je le disais à l'instant à M. Mégret, que voici, et qui dirige... enfin qui dirigeait, la campagne de M. Le Pen : tout, je dis bien tout, sera mis en œuvre pour retrouver les coupables. Il y va de l'honneur de la République ! »

Reboul bredouille quelques mots sur sa détermination, puis serre les mains des personnalités que lui présente le membre du cabinet du ministre qui accompagne Charles Pasqua. Il enregistre des noms plus ou moins connus, auxquels pour la plupart il aurait été incapable jusqu'à ce jour d'associer un visage : le président de TF1, M. Francis Bouygues, son vice-président, M. Patrick Le Lay, le directeur de l'information Michèle Cotta, le directeur de la rédaction (quelle différence ? se demande-t-il) Jean-Claude Paris, le responsable du « 13 heures », Pierre Geraud, la présentatrice, Marie-Laure Augry, et puis le ministre du Commerce extérieur, Michel Noir (que fait-il ici, celui-là ?), Jean-Pierre Stirbois, le secrétaire général du Front national, et même (« Tiens ! Bonjour, monsieur le ministre ! ») Joseph Franceschi, l'ancien et éphémère patron de la Sécurité du temps des socialistes...

Le commissaire finit son tour de piste et, pendant que son ministre continue ses mondanités, s'éclipse pour redescendre à son enquête.

Le revoici au studio 4, hélant Jacques Asline au moment où celui-ci va ressortir de la pièce :

« Hé là, jeune homme !

— Oui, répond Asline, surpris de l'appellation. Vous avez encore besoin de moi ?

— Deux ou trois choses. D'abord, tout à l'heure, à propos des caméras, vous avez parlé de... (Reboul consulte ses notes, sur son carnet à spirales)... du “ prompter ” et de la “ verticale ”. Qu'est-ce que c'est que ça ?

— Ah... le prompter, c'est un appareil qui s'appelle en fait le téléprompter, et qui permet de faire défiler, dans la caméra qui est en train de filmer un journaliste, le texte des phrases qu'il doit prononcer. Comme ça, il semble connaître son “ papier ” par cœur, ou bien il a l'air d'improviser, alors qu'en fait il lit son texte dans la caméra. Voyez : le voilà, ici... »

Pendant qu'il jette un œil à l'instrument — à vrai dire très simple, avec sa manivelle qu'une assistante doit tourner à la main à la vitesse du débit de parole du journaliste — Reboul s'enquiert :

« Yves Mourousi s'en servait, tout à l'heure, par exemple ?

— Ah non, pas du tout, Mourousi ne s'en sert jamais. Il est contre le prompter, il pense que ça ne fait pas naturel, que le téléspectateur voit l'œil du bonhomme aller de gauche à droite dans le vague. Bref, il n'en veut pas, et d'ailleurs autrefois, quand il a fait des essais, il n'a jamais pu s'habituer. Et puis, ça supposerait qu'il écrive ses textes à l'avance, et avec lui on peut espérer beaucoup, mais pas qu'il prépare trop, tout de même !...

— Ah bon... murmure Reboul, encore peu habitué aux gracieusetés coutumières du milieu de l'audiovisuel. Et la " verticale " ?

— La verticale, c'est tout simplement une caméra qui est suspendue, vous voyez, là, et qui reste en position verticale, pour filmer les documents, cartes, livres, qui sont montrés à l'antenne, par exemple la couverture du bouquin de l'écrivain invité par Mourousi.

— D'accord. Voyons maintenant l'emplacement des cinq caméras pendant l'émission de tout à l'heure. »

Le réalisateur entraîne le commissaire vers le plateau-journal et lui montre d'abord les caméras 1 et 2 :

« Ces deux caméras sont restées cadrées, la 1 sur Marie-Laure Augry, la 2 sur Mourousi. Et puis, pendant le premier quart d'heure de l'émission, pour la partie journal, il y avait en plus ici, au centre, la caméra 3, qui permettait de cadrer sur Marie-Laure et Yves ensemble. C'est clair ?

— Oui, approuve le commissaire. Et après ?

— Après, c'est-à-dire pour la partie " invités ", vous aviez ici la 4 qui restait sur Yves, la 5 qui prenait Yves et Le Pen ensemble, en plan plus large, et puis la 3, qui devait rester en gros plan sur Le Pen. La 3, d'où le coup est parti...

— La 3, c'est bien la même qui était sur Yves Mourousi et Marie-Laure Augry pendant le journal ?

— Oui, la même. Un machiniste l'a fait rouler de l'espace-journal à l'espace-invités pendant que passait le dernier sujet filmé du journal.

— C'est cela, opine Reboul, fort intéressé. A quel moment exactement a-t-on, aujourd'hui, déplacé cette caméra ?

— Venez, on va vérifier sur le conducteur, lui rétorqua Jacques Asline.

— Le “ conducteur ” ?

— Oui, c'est ainsi que nous appelons le “ menu ” du J.T. ; il prévoit, seconde par seconde, ce que sera le contenu du “ journal ”. Il est ronéoté, tout le monde dans l'équipe en a un exemplaire. Vous voyez, il y en a un, par exemple, accroché sur chaque caméra, à hauteur de vue du cadreur... »

A cet instant précis, Chantal Dupuis revient dans le studio, en compagnie de quelqu'un que Reboul connaît bien : Langoiran, l'un des meilleurs experts en armes à feu de la P.J.

« Salut, Eugène, lui chante l'expert à l'accent du Sud-Ouest. Tu vas bien ? Sale affaire, hein ?

— Tu parles d'une sale affaire... Alors, qu'est-ce que tu as à m'apprendre ? Allons en régie, nous serons plus tranquilles... »

Enfermés dans la régie 4, Reboul et Dupuis écoutent les explications de Langoiran. Deux mécanismes, apprennent-ils, ont été mis au point par les meurtriers. L'un est le dispositif de tir lui-même, un petit pistolet-mitrailleur, qui a été fixé dans la caméra, visiblement à l'avance : l'opération prend tout de même un certain temps...

« Et on ne pouvait vraiment rien voir, ni pendant qu'ils opéraient leur montage, ni une fois l'arme installée ? demande Reboul.

— Je viens de me renseigner, tu penses, affirme Chantal. Visiblement, avec les allées et venues incessantes ici, et avec tous ces corps de métier qui se côtoient sans se connaître, un ou deux types peuvent avoir bidouillé cette caméra pendant des heures, sans que personne n'y prenne garde. Ils peuvent aussi l'avoir roulée jusqu'à un endroit discret, et fait leur boulot à l'abri. En tout cas, personne n'a rien remarqué d'anormal !

— Et une fois installé dans l'appareil, renchérit Langoiran, impossible de voir quoi que ce soit. Le canon du pistolet-mitrailleur se confondait avec le trou noir de l'objectif... »

Le second mécanisme était bien sûr le dispositif de mise à feu.

« Je t'épargne les détails, reprend Langoiran, connaissant l'aversion de son collègue pour tout ce qui est technique. Ils se sont servis d'un petit déclencheur installé à l'arrivée du câble de régie en studio, au pied de la caméra 3. Dès que le réalisateur devait appuyer sur le bouton la sélectionnant pour passer à l'image, à l'instant précis où la lampe rouge s'allumait sur la caméra, le tir s'effectuait, automatiquement.

— Nom d'un chien ! s'exclame Reboul. Mais comment pouvaient-ils être sûrs que la caméra 3 serait sur Le Pen, à ce moment-là ?

— C'est exactement ce que nous venions demander au réalisateur ! » susurre Chantal.

Jacques Asline est, leur dit-on, « en régie une », pour un enregistrement. Un planton y conduit notre trio, à travers un dédale de couloirs et de décrochements. La régie 1 est plus spacieuse que la 4. Sur les écrans de contrôle, on voit Charles Pasqua et une journaliste de la chaîne, Arlette Chabot, qui se préparent pour une interview.

« Excusez-moi, lance Asline aux enquêteurs, mais on m'a appelé d'urgence ici pour enregistrer votre patron... »

C'est bon pour le son. O.K. pour l'image, on peut y aller. Chabot, avec son accent gouailleur de titi parisien, précise à l'intention du ministre :

« C'est bien d'accord, hein ? Je vous pose une question pour vous lancer. Mais on " sucrera " ma question, on ne gardera que votre réponse, pour que ça fasse plus " déclaration solennelle "...

— Très bien, quand vous voudrez..., dit sobrement le premier flic de France.

— Bon, on y va... Charles Pasqua, le président du Front national, Jean-Marie Le Pen, a été abattu, ici même à TF1, à 13 h 23. A l'heure qu'il est, c'est-à-dire à (elle regarde sa montre)... à 16 h 05 exactement, que pouvez-vous nous dire ?

— La première réaction est évidemment celle de la

tristesse et de la colère. M. Le Pen était un député de la République, un candidat à la plus haute fonction de l'État. Son sauvage assassinat est un acte inqualifiable, qui révulse tous les démocrates. Au nom du gouvernement unanime, je veux d'abord m'incliner devant la famille de M. Le Pen, et lui dire notre compassion. Mais je ne saurais oublier en ces sombres instants que mon travail personnel est celui de ministre de l'Intérieur. Je veux que les choses soient bien claires : les coupables seront retrouvés et châtiés. Nous emploierons tous les moyens — je dis bien tous les moyens — que nous donnent la Constitution et les lois de la République. Où qu'ils soient en ce moment, les coupables seront punis. Vous comprendrez que je ne puisse rien dire qui serait susceptible de ralentir la marche de l'enquête. Mais je puis vous indiquer dès maintenant que les services de police sont sur une piste extrêmement sérieuse. Le pays peut une nouvelle fois faire confiance à sa police : les criminels insensés qui ont perpétré cet acte odieux seront démasqués.

— Monsieur le ministre, vous avez évoqué l'unanimité du gouvernement..., reprend la journaliste...

— Non, non, madame Chabot — Pasqua a l'air de Fernandel lorsque l'acteur jouait la surprise —, ce qui était convenu était convenu. J'en fais une déclaration solennelle, et je n'ai rien à ajouter... »

Charles Pasqua enlève lui-même son micro-cravate et le tend à une assistante.

Chantal Dupuis souffle à l'oreille du commissaire Reboul :

« Une piste extrêmement sérieuse ! Il pousse le bouchon un peu loin, non ?

— Que veux-tu, soupire Reboul, c'est la politique ! En tout cas nous voilà en première ligne, et si on ne trouve rien rapidement, on s'expose à de sérieux ennuis... »

La régie étant pleine de bavards, Reboul et Dupuis entraînent Jacques Asline dans le couloir.

« Comment le meurtrier pouvait-il savoir que la caméra 3 serait sur Le Pen ? interroge *ex abrupto* l'inspecteur principal.

— Qu'est-ce que j'en sais, moi ? se plaint Asline. Ce que je peux vous dire, c'est qu'avec Yves on avait soigneusement préparé le début de l'interview. Yves devait d'abord parler en regardant la 4, puis, sur la fin de sa première question à Le Pen, je devais passer en plan large, sur la 5, pour qu'on les voie tous les deux, et dès que Le Pen commencerait sa réponse, je devais basculer sur la 3. C'est exactement ce que j'ai fait, d'ailleurs...

— Qui était au courant de ce scénario ? le relance Chantal.

— Écoutez, tout le monde et n'importe qui, je ne sais pas, moi... On ne travaille pas dans le secret ici. On a décidé ça sur le plateau, il y avait peut-être trente personnes présentes, sans compter les dix qui nous entendaient en régie pendant ce temps-là... Si vous croyez que je peux vous faire une liste complète, entre les journalistes qui étaient là, les invités du journal, les techniciens, les machinistes, les touristes qui n'ont rien à faire sur ce plateau et qui sont amenés là tous les jours par le service des relations publiques de la chaîne... Franchement, je ne suis pas là pour jouer les flics, moi...

— Mon petit bonhomme, à votre place, je descendrais d'un bémol, lui fait remarquer Reboul, dont le ton s'est brusquement durci. C'est tout de même vous, monsieur Asline, qui avez appuyé sur le bouton qui a déclenché le tir et provoqué la mort de Jean-Marie Le Pen !

— ... »

Jacques Asline est resté, littéralement, bouche bée. Il ôte ses lunettes, les regarde d'un air ahuri, secoue la tête et regarde le commissaire d'un air de bête apeurée.

« ... Qu'est-ce que vous dites ? reprend-il d'une voix hésitante.

— Eh bien oui, le dispositif introduit dans la caméra 3 était relié à votre régie, et c'est vous, en appuyant sur le bouton, qui avez opéré la mise à feu.

— Est-ce... Est-ce que cela veut dire qu'on peut retenir quelque chose contre moi ? Est-ce que ça veut dire que vous me soupçonnez du meurtre de Le Pen ?

— Mon métier, monsieur Asline, est de soupçonner

tout le monde. Mais il est vrai que pour le moment, je m'intéresse spécialement à vous, ne serait-ce que dans la mesure où, techniquement parlant, vous êtes bel et bien le meurtrier !

— Merde, merde, merde... laisse tomber le réalisateur. Ça alors... » Le pauvre homme a l'air complètement perdu... « Me voilà dans la peau du coupable de l'assassinat de Le Pen...

— Je ne vais pas, pour le moment, jusqu'à cette conclusion, monsieur Asline, lâche Reboul en faisant mine de le rassurer. Mais concevez au moins que j'attende de vous un minimum de collaboration...

— Oui, bien sûr, répond très vite Asline. Que puis-je faire pour vous ? Que désirez-vous savoir ?

— Bien, voilà qui est mieux, monsieur Asline. Vous allez vous installer avec ma collaboratrice, dans un bureau tranquille, s'il y en a un dans cette maison, et tâcher de vous rappeler qui étaient tous les gens qui assistaient à votre briefing avec M. Mourousi. Vous comprenez maintenant, je pense, l'importance de cette liste pour notre enquête...

— Absolument, monsieur le commissaire, absolument », affirme Asline — du coup pas émoustillé pour deux sous à l'idée de s'installer dans un coin tranquille avec la belle Chantal Dupuis...

Reboul demande à un gardien de la paix où est passé le commissaire Martin. L'ayant localisé à la cafétéria, il emprunte l'ascenseur, et, au dernier étage, sur le toit, retrouve en effet son collègue attablé devant un steak-frites.

« Excusez-moi, mais je n'avais pas eu le temps d'avaler quoi que ce soit et...

— Ne vous excusez pas, vous avez très bien fait. Mais je souhaitais vous demander ce que vous avez pu apprendre sur les conditions d'entrée dans ce bâtiment...

— Eh bien, les choses sont à la fois très simples sur le plan du principe, et plus compliquées dans la réalité. A l'entrée principale, au 15 rue Cognacq-Jay, il y a des cerbères, qui ne doivent laisser entrer personne sans une carte TF1. C'est une carte de la maison, délivrée par le

Service du personnel, et que personne ne peut avoir s'il n'appartient pas à la chaîne...

— Ce qui fait quand même quelques milliers de personnes qui peuvent en plus prêter leur carte, fait remarquer Reboul... Et pour les autres ?

— Pour les autres, c'est là que la réalité se charge d'apporter des entorses au principe. Normalement, tout visiteur doit passer par la réception, une hôtesse vérifie par téléphone qu'il a bien rendez-vous, et doit exiger une pièce d'identité. Elle établit ensuite une fiche d'entrée, et c'est sur présentation de cette fiche que les gardiens laissent passer le visiteur.

— Pas mal, commente Reboul. Et en fait ?

— En fait, ce que je viens de vous dire est respecté dans la plupart des cas. On m'a même raconté que, la semaine où ce système a été mis en place, Yves Mourousi s'est présenté sans sa carte TF1, qu'il avait oubliée. Les gardes l'ont bien sûr reconnu, mais — les ordres étant les ordres — ils ont exigé qu'il passe chez les hôtesses se faire établir un laissez-passer ! Mourousi l'a très mal pris, et il a dit que puisque c'était comme ça, il rentrait chez lui, et qu'il regarderait le 13 heures de son appartement ! Il a fallu lui téléphoner à midi et demi, pour le supplier de revenir, même sans carte... Les histoires de ce genre sont légion dans la maison. On m'a raconté qu'un jour on a empêché Bouygues lui-même de rentrer ou que deux ministres n'ont pu passer dans une émission parce qu'ils ne pouvaient justifier de leur identité. Mais en même temps, les gardes ont maintenant pris l'habitude de laisser entrer sans vérification les personnes qu'ils reconnaissent — ou qu'ils croient reconnaître... Les gens qui entrent avec une belle assurance, en saluant tout le monde, courent peu le risque d'être contrôlés, même si ce sont de parfaits inconnus. Bref, un système excellent pour embêter le monde, mais pour la sécurité, franchement...

— Ouais, je me rappelle d'ailleurs que des commandos sont déjà parvenus jusqu'en studio, alors que ce système de surveillance performant était déjà censé fonctionner, non ?

— Absolument. Et ce que je viens de vous dire pour

le 15, rue Cognacq-Jay est vrai pour le 19, qui est ouvert lorsqu'on ferme le 15, le soir ou la nuit par exemple. Même chose pour la rue de l'Université, au dos du bâtiment, où normalement s'il s'en présente on renvoie les visiteurs rue Cognacq-Jay...

— Bon, résumons, conclut Reboul : quelqu'un d'un peu astucieux, ou qui a des accointances dans la maison, et qui veut vraiment entrer, peut sans trop de problèmes pénétrer dans l'immeuble ?

— C'est tout à fait ça », opine Martin, en avalant la dernière bouchée de son steak.

Reboul accompagne Martin jusqu'à l'ascenseur, mais, lui, descend à pied : il a remarqué le temps fou qu'on met, ici, à attendre d'improbables ascenseurs, et, de toute façon, il compte s'arrêter au sixième.

Il trouve Michèle Cotta dans le secrétariat qui jouxte son bureau. Elle l'entraîne dans son antre, insiste pour qu'il s'assoie sur le canapé. Elle est charmante, se dit-il, mais pourquoi semble-t-elle avoir, en permanence, l'air de s'excuser, comme si elle n'était vraiment pas sûre d'elle... ou comme si elle avait quelque chose à se reprocher ? Il s'apercevra, plus tard, que cela n'a rien à voir avec la situation : Michèle Cotta est toujours comme cela...

Elle est contente de le voir, lui dit-elle, elle venait justement de prendre des dispositions pour faire mettre un bureau à sa disposition : s'il n'y voit pas d'inconvénient, ce sera la salle de réunions du sixième étage. Reboul en remercie le directeur de l'information de TF1, tout en assurant que le dérangement pour la chaîne ne devrait pas se prolonger longtemps : puisque la victime est un dirigeant politique national, l'enquête conduira sûrement la police dans les milieux politiques, et non sur le lieu, occasionnel, du crime.

« Je souhaiterais d'abord rencontrer M. Mourousi, s'il a maintenant retrouvé ses esprits, explique le commissaire à Michèle Cotta.

— On ne vous a pas prévenu ? s'étonne la journaliste. Mourousi a reçu un choc terrible. Il est loin d'avoir récupéré. Il est entre l'inconscience et le délire, on l'a transporté tout à l'heure à l'hôpital américain de Neuilly... »

Impossible donc d'interroger le présentateur pour le moment. De toute façon, pense Reboul, il ne doit pas avoir grand-chose à m'apprendre sur le meurtre. Le Pen a été tué comme il aurait pu l'être ailleurs. Mourousi n'a probablement rien vu. Le commissaire en profite pour tester auprès de Michèle Cotta son impression sur la porosité du contrôle à l'entrée de Cognacq-Jay. Elle en semble étonnée : elle-même, confie-t-elle, a encore parfois du mal à franchir le barrage. Elle y va de son anecdote :

« Que voulez-vous, c'est l'esprit fonctionnaire légué par des décennies de service public, l'autre jour, Patrick Poivre d'Arvor, très pressé, laisse son solex un peu n'importe où, devant l'entrée, il entre dans le hall en courant, prévient le garde en passant que, si son engin gêne, il faudra le pousser plus loin. Il s'en excuse en lançant : " J'ai une émission en direct dans quelques minutes... " La réflexion immédiate du garde a été de lancer à son collègue : " Ceux-là, avec leurs émissions !... " Que voulez-vous, les gens qui travaillent ici seraient plus tranquilles s'il n'y avait pas les émissions de télévision ! Un peu comme les enseignants aimeraient mieux qu'il n'y ait pas les élèves, ou comme les éditeurs souhaiteraient ne pas avoir à gérer les relations avec leurs auteurs... »

Dans la conversation, Reboul glane une information nouvelle : pendant la campagne présidentielle, pour éviter tout quiproquo qui pourrait faire perdre du temps, deux cartes d'entrée permanentes ont été établies pour chacun des « staffs » des candidats à la Présidence et des principales formations politiques. Ces cartes ne sont pas nominatives. Simplement, chaque matin, le service de presse du candidat ou du parti considéré téléphone au service des relations publiques de l'Information, à TF1, le nom de deux personnes habilitées à pénétrer dans Cognacq-Jay pour la journée.

« Ah, bien, note Reboul. Et savez-vous qui étaient les titulaires, pour aujourd'hui ?

— Je l'ai fait demander pour vous : je pensais bien que vous me poseriez la question. La liste est ici. »

Elle ramasse un papier sur la table basse et commence la lecture des noms qui y figurent : « Michel Noir et Jacques Toubon pour le R.P.R., Bernard Stasi et Alain Madelin pour l'U.D.F., Joseph Franceschi et Maurice Benassayag pour Mitterrand, Claude Évin et Guy Carcassonne pour l'équipe Rocard, Jack Ralite et Charles Fiterman pour le P.C., Jean-Pierre Stirbois et Bruno Mégret pour le Front national. »

Le commissaire Reboul prend congé de Michèle Cotta et gagne, à quelques pas, sous la conduite d'une secrétaire, la salle de conférence — pièce claire, longues tables disposées de manière à constituer un carré, une vingtaine de sièges disposés tout autour — où il retrouve Chantal Dupuis.

« Ah, Eugène, j'allais te chercher...

— Tu as fini avec le réalisateur ?

— Il sort d'ici. Tu sais que Michèle Cotta nous a fait donner cette salle...

— Oui.

— Ils ont installé deux lignes directes. Je crois que ça n'est pas mal pour travailler.

— Encore qu'on ne va sans doute pas s'éterniser ici...

— Ça, à ta place, j'en serais moins sûre, mon petit vieux... J'ai une surprise pour toi, c'est pour cela que je partais à ta recherche...

— Qu'est-ce qu'il y a ? Un élément nouveau ? C'est la liste des présents au moment de la mise en place dont t'a parlé Asline ? Accouche...

— Tu es bien assis ? Eh bien voilà. Au moment des préparatifs, vers 12 h 35, Mourousi et Le Pen se sont assis aux places qui étaient prévues pour eux, pour faire des essais de voix et de lumière. Ça n'a duré que quelques minutes, tout s'est bien passé. Le Pen et l'un de ses copains, son directeur de campagne, le député Bruno Mégret, se sont mis dans un coin du studio, et puis Le Pen est allé dans la loge, à côté, pour se faire maquiller...

— Oui, bon, et alors ? l'interrompt, pressé, le commissaire.

— Attends. Pendant que Le Pen et Mégret étaient en studio, les deux autres potes de Le Pen, Stirbois et Holeindre, sont montés en régie, pour suivre l'émission de là-haut. Il se trouve que l'un des magnétoscopes qui avaient enregistré les préparatifs étaient en marche, et ils ont vu redéfiler le petit bout d'essai de leur patron avec Mourousi. Ils ont alors remarqué que Le Pen n'était pas pris — d'après eux — sous son bon profil, et ils ont demandé à l'assistante, puis au réalisateur, s'il ne serait pas possible d'intervertir les places de Le Pen et de Mourousi, Le Pen prenant le fauteuil d'abord prévu pour Mourousi et vice versa...

— Quoi ? s'étrangle Reboul. Tu veux dire...

— Eh oui, mon petit vieux. Asline leur a répondu que lui s'en foutait éperdument, et que Mourousi n'y verrait sûrement pas d'inconvénient. Il lui a quand même posé la question par le téléphone intérieur, pendant que passait un sujet filmé — parce qu'il faut te dire que tout ça se passait alors que le journal avait déjà commencé, entre 13 h 05 et 13 h 08 d'après le petit Asline...

— Nom de nom de nom d'un... »

Reboul est visiblement abasourdi par la nouvelle.

« Mourousi — reprend Chantal Dupuis — a dit qu'il n'avait aucune objection au changement de places. Lorsqu'à 13 h 22 ils se sont retrouvés pour l'interview dans le coin " invités ", Le Pen occupait donc la place prévue pour... Yves Mourousi. »

Le commissaire Reboul, toujours stupéfait, s'est levé. Il marche de long en large, silencieusement, dans la pièce, puis se dirige vers la fenêtre, qu'il contemple longuement, sans la voir. Un abîme d'hypothèses contradictoires s'ouvre désormais devant lui.

C'était donc peut-être Yves Mourousi qui était visé, et non le leader du Front national. Cela, au fond, expliquerait même mieux le cadre choisi pour l'assassinat : le meurtrier du journaliste-vedette peut avoir pris un plaisir sadique à l'immoler sur le lieu quotidien de ses exploits. Un crime symbolique, en quelque sorte... Les pensées du commissaire l'entraînent vers des souvenirs cinématographiques perdus ; était-ce dans *Network* qu'un présentateur de journal télévisé était assassiné en direct ? Ou n'était-ce pas plutôt un suicide, dans le film ?

Et dans le cas de Mourousi, ne pourrait-il pas s'agir, de même, d'un suicide, organisé avec ce prodigieux talent de show-business qu'a le journaliste de TF1 ? Aurait-il imaginé chercher la publicité et le spectacle, jusque dans la mise en scène de sa propre mort ?

L'hypothèse du suicide raté expliquerait bien la syncope de Mourousi, pense un instant Reboul. Sans trop y croire malgré tout : il est vrai qu'en tout état de cause le choc a dû être rude...

Mourousi ou Le Pen ? Le Pen ou Mourousi ?

Que l'un ou l'autre ait été la victime désignée, l'engin a dû être amorcé entre 12 h 45 — heure de la fin des essais — et 13 h 22 — heure du début de l'interview. Non, corrige mentalement le commissaire : la caméra 3 a été utilisée, de toute façon, pendant la partie « journal » de l'émission de 13 heures. Le déclencheur ne pouvait donc pas être branché à ce moment-là. Elle a été déménagée pendant le dernier sujet filmé du journal télévisé, c'est-à-dire...

« Chantal, reprend, tout haut, Eugène Reboul, à quelle heure a été diffusé le dernier " sujet " du journal de Mourousi ? As-tu noté exactement ?

— Bien sûr, attends, je vérifie pour être plus sûre. » Elle compulse ses notes, sort le « conducteur » du journal... « Voilà... 13 h 18. A cette heure-là, ils ont lancé un long sujet, " magazine " comme ils disent, sur les tendances de la mode telles que les préparent les stylistes pour l'an prochain... Un sujet de 3 minutes 42 secondes.

— 13 h 18, note le commissaire. Bon. Donc... »

Donc, poursuit Reboul pour lui seul, le déclencheur a été fixé au câble de la caméra 3 entre 13 h 18 et 13 h 22, après son déplacement, ou peut-être au moment même de ce déplacement. Vu l'agitation et le monde présent en studio, c'est évidemment tout à fait possible. Si Le Pen était la cible recherchée, l'assassin était en studio entre 13 heures et le moment du déménagement de la caméra. Si c'est Mourousi qui était visé, le meurtrier a eu accès à la régie — où s'est décidée l'interversion des places — dans l'intervalle, par exemple entre 13 h 05 et 13 h 10, et était en studio entre 13 h 18 et 13 h 22.

« Il est absolument vital qu'on parvienne à dresser la liste exacte des personnes présentes sur le studio, et en régie, entre 13 heures et 13 h 23, laisse tomber le commissaire.

— Oui, c'est clair, confirme Chantal.

— Prends le nombre d'inspecteurs qu'il faudra, mais à partir de maintenant, chaque minute compte. Parce qu'il nous faut des résultats rapides, Chantal. Et puis, les souvenirs de tous ces gens vont s'estomper au fil des heures, ils ne se souviendront plus très bien de qui était là et de qui n'y était pas... »

Reboul a recommencé de faire les cent pas. Chantal l'interrompt dans sa réflexion :

« Bien sûr, des tas de journalistes sont en bas qui attendent tes déclarations. Je présume que c'est le black-out absolu ?

— Évidemment, Chantal, voyons... (l'intonation de Reboul est celle du reproche amical). Et même, pas un mot de cette histoire d'interversion de places entre Le Pen et l'animateur. Si c'était Mourousi qui était visé, le meurtrier, qui recherchait un effet-choc en montant son coup en direct à la télé, risque d'être vexé qu'on ne soupçonne pas son intention. Ça pourrait l'amener à se dévoiler, ou au moins à prendre un risque... Tant que tu y es, téléphone tout de suite pour qu'on mette en place une surveillance discrète à l'hôpital américain, autour de la chambre de Mourousi. Et qu'on interdise les visites, hein ?

— Je le fais tout de suite. Autre chose ?

— Non, pas pour l'instant. Franchement, Chantal, ça part plutôt mal. Au moins, si l'attentat visait Le Pen, on peut toujours espérer qu'il sera revendiqué. Assassiner dans ces conditions le chef de l'extrême-droite, ça doit passer pour un coup dont on peut être fier, dans certains milieux. Sans quoi, tu t'imagines, on n'a pas grand-chose à se mettre sous la dent. Un studio qui est une vraie place publique. Une pression politique qui s'annonce serrée. Aucun indice sérieux. Et l'incertitude jusqu'à l'identité de la victime visée ! Il va falloir suivre deux pistes à la fois, dans le plus épais brouillard : la piste Mourousi et la piste Le Pen... »

Lundi, 17 h 30, le « journal » de Jean Duchateau

Ma décision est prise. Je vais écrire un livre sur le meurtre de Le Pen. Je viens de rentrer de Cognacq-Jay, à pied. J'ai réfléchi en marchant. Tout concourt à ce projet.

Comme toutes les personnes présentes avec moi dans le studio de Mourousi, j'ai vu, de mes propres yeux, la tête de Le Pen voler en éclats. Je suis resté dans les couloirs de TF1, à regarder, observer, écouter. J'ai croisé les flics désignés pour l'enquête : Reboul et la belle Chantal D... C'est même la présence de la petite Bardot de la P.J. qui m'a donné l'idée d'écrire. Il se trouve qu'on a fait ensemble un petit bout de nos études, jadis, sans être à aucun moment vraiment proches. Mais je ne l'avais pas perdue de vue, d'autant que nous avons une amie commune, la prof de droit Évelyne Pisier, à qui j'ai justement demandé le numéro de téléphone de Chantal, l'autre soir. Je vais l'appeler, comme je le lui ai promis dans les couloirs de Cognacq, tout à l'heure. L'inviter à dîner, le plus vite possible. Ce soir peut-être ?

Où l'emmener ? Il faut un restau qui tranche un peu avec ses habitudes de fonctionnaire, un truc qui l'épate. « Beauvilliers », peut-être... Si je pouvais la ramener chez moi, et que notre aventure durât quelque temps — idéalement le temps de l'enquête... — ce serait l'occasion de joindre l'utile à l'agréable.

J'ai revu aussi, à Cognacq, ma vieille copine Michèle Cotta. Elle avait l'air apeuré d'un oisillon sortant du nid : « Une histoire comme ça qui me tombe dessus en ce moment, il ne manquait plus que ça. Je ne sais pas si je vais tenir jusqu'aux présidentielles », m'a-t-elle seulement murmuré en m'embrassant. Michèle aussi pourra m'être bien utile pour mon bouquin. Il faudra que je l'emmène au cinéma de temps en temps, les soirs où elle se sent seule, elle me décrira l'atmosphère de sa rédaction.

Je vais, dès ce soir, commencer à écrire. Et je consignerai sur ce cahier mes impressions quotidiennes.

Je vais appeler tout de suite l'intermédiaire que j'utilise avec mon éditeur. Je suis sûr que Jean-Étienne Cohen-Séat, le P.-D.G. de Calmann-Lévy, marchera. Amusant de se dire qu'il ne sait toujours pas qui je suis ; c'est très bien ainsi, d'ailleurs.

Je mesure le risque pour moi d'écrire sur le meurtre de TF1, quelques mois après Meurtre à l'Élysée. *Passer de la fiction au récit de reportage va accréditer un peu plus l'idée que je serais journaliste. Tant pis ; tant mieux.*

Je pense aux comptes rendus vengeurs des critiques jaloux, qui bien sûr s'en prendront à mon style. Françoise Xénakis, tout sourire avec moi chez Pivot l'autre soir, parce qu'elle ne m'imagine pas en Duchateau, va-t-elle se croire obligée de me démolir parce que je fais dans le « polar » ? Mes amis du Monde *en tout cas vont encore s'irriter, parce qu'ils ne sauront pas qui je suis — ou parce qu'ils en seront trop sûrs. Je recevrai, d'un news-magazine à grand tirage, un coup de téléphone identique à celui de l'autre fois : « Nous avons beaucoup aimé votre livre, et nous sommes prêts à l'écrire dans nos colonnes. Mais nous ne pouvons pas courir le risque d'encenser un auteur qui se révélerait être un ennemi du journal ! Confirmez-nous simplement,* off the record, *que vous êtes bien Jean Duchateau, et le papier paraît... » Une fois de plus, je devrai jouer les ânes.*

Qu'importe. Je sens qu'il me faut coucher sur le papier le récit de cette enquête. Cela s'impose à moi comme une évidence. On ne voit pas tous les jours exploser la cervelle — la cervelle !... — d'un Le Pen.

Jean-Marie Le Pen est mort. C'est cela, d'abord, qui compte, et qu'il faudra « rendre ». Ce n'est pas seulement d'un leader d'extrême-droite comme un autre que la France est débarrassée. C'est d'un homme qui fut mêlé, de la pire façon, à la guerre d'Algérie, dont le nom a été associé de manière trop troublante à des actes de torture. Un homme qui séduisait, en semblant parler le langage du bon sens, des foules entières de boutiquiers, de cadres ou d'ouvriers, dont il faisait des électeurs d'extrême-droite sans qu'ils s'en rendent compte. Un homme qui rendait en effet « normaux » les propos les plus haineux sur les Juifs, les Arabes, les « autres ».

Il va être intéressant d'assister à la lutte pour sa succession. Il va même être divertissant d'ausculter les autres, les forces politiques classiques, et de voir comment elles gèrent la disparition d'Ubu. La droite, d'abord : qui, de Chirac ou de Barre, va mettre le plus d'entrain à « récupérer » ses voix ? Et puis la gauche, privée d'un alibi qu'elle avait contribué à fortifier, quoi qu'elle en dise.

Au cours de notre dernier petit déjeuner élyséen, François Mitterrand, parlant des candidats présidentiels de la droite, m'avait dit : « Voyez-vous, ces gens-là se haïssent. Et la haine, cela laisse des traces dans les seconds tours. C'est pour cela que nous allons gagner. »

La gauche sans Le Pen deviendra-t-elle capable d'essayer de vaincre, au lieu de se contenter de ne pas perdre, grâce à la division des autres ? Allons, Duchateau, la période qui s'ouvre promet d'être réjouissante.

2

TRAVELLING A DROITE

Lundi, 18 heures, rue Cognacq-Jay

Michèle Cotta réunit dans son bureau les chefs de service et les principaux responsables de l'information de TF1. Objet : ultime mise au point avant le journal de 20 heures. Elle est assise derrière son bureau. Les participants — tous des hommes — l'entourent, dans des fauteuils, sur le canapé d'angle, voire, comme Patrick Poivre d'Arvor, assis par terre, en tailleur. La directrice, pardon, le directeur de l'information attaque, avec un peu de mal au début à se faire entendre dans le brouhaha :

« Essayons de ne pas perdre de temps, il y a encore beaucoup de choses à faire, et le journal est dans deux heures exactement. Pour l'instant, où en sommes-nous ? Nous devons avant tout voir s'il y a encore des trous à combler par rapport à ce qui est prévu pour le " 20 heures ". Je ne vous cache pas que je viens d'avoir Montparnasse, et qu'ils sont très excités. Bouygues a peur que cette affaire ne retombe sur la maison...

— Des tuiles qui tombent sur une maison, il connaît ! fait finement observer Bruno Masure.

— Messieurs, messieurs, je vous en prie, supplie Michèle Cotta, essayons d'avancer, sérieusement. Je sais ce que vous pensez de l'équipe Bouygues, vous savez ce que j'en pense aussi, ce n'est ni le lieu ni le moment d'en débattre. Je mentionne simplement que ces gens sont préoccupés de l'image de la chaîne en la circonstance, et franchement sur ce point je partage leur point de vue... Bon, Jean-Claude, qu'a-t-on au menu pour ce soir ? »

Jean-Claude Paris est assis à côté de Michèle Cotta. La division du travail entre eux est assez simple et correspond bien à leurs deux personnalités, Paris, le « directeur de la rédaction », est le véritable ingénieur-mécanicien en chef de l'actualité sur TF1. Michèle Cotta s'occupe, seule, des relations de l'information avec la direction de la chaîne — « Montparnasse » comme on dit à « Cognacq » — et les milieux politiques et syndicaux (un plein temps ne serait pas trop, pour ce chapitre) ; elle gère aussi les problèmes psychologiques quotidiens de ces personnalités à l'ego tourmenté que sont les journalistes de télévision — la notoriété provoque bien des psychoses. Elle sait écouter son petit monde de névrosés, leur tapoter le genou, les assurer que leur génie n'est pas, mais alors pas du tout, méconnu — en tout cas pas d'elle. « Dites-leur qu'ils sont beaux ! » disait naguère un personnage de Giraudoux. Le conseil est toujours valable pour les journalistes de télévision. Mais il faut le compléter : dites-leur aussi qu'ils sont bons ! Michèle Cotta s'y emploie, à sa manière, empreinte de modestie et de sous-entendus. Mais, bien sûr, elle n'a pas le temps de surveiller la confection quotidienne de l'actualité — sauf événement exceptionnel.

Jean-Claude Paris, cet ancien de la garde prétorienne de Jean-Marie Cavada, s'y emploie. C'est lui qui suit la préparation des journaux et « serre les boulons » de l'actualité. D'une voix plus grave encore que d'habitude, il commence :

« En ouverture, on a bien sûr prévu la redif du meurtre, avec ralenti et tout. On voulait le faire commenter, off, par Mourousi. Mais il n'est pas remis du choc. Je pense qu'on va prendre Marie-Laure...

— Je continue à penser que ce serait mieux avec ma voix, puisque c'est moi qui ouvre le journal, fait remarquer Poivre d'Arvor...

— Bon, on verra — reprend Paris — c'est quand même un détail, si tu permets. Ensuite, on aura un Chirac...

— A-t-on eu à nouveau Matignon, là-dessus? s'enquiert Michèle Cotta.

— Oui, il n'y a pas cinq minutes. Il ne sont pas encore au point, mais ils seront prêts d'ici le " 20 heures "...

— Tu parles qu'ils seront prêts : plutôt deux fois qu'une ! ricane François de Closets.

— Et l'Élysée ? demande Sylvain Gouz.

— Arlette vient de les avoir, précise Paris. Ils ne veulent rien dire pour le moment... Visiblement, ils hésitent entre une déclaration et un communiqué...

— En tout cas, tranche Michèle Cotta, si on a un Mitterrand, il faut le mettre devant le Chirac.

— Bien sûr, opine Paris. Mais si c'est seulement un *communiqué* de la Présidence, si on n'a pas d'image de Tonton ?... »

Bref débat sur ce point. Michèle Cotta pense que, même pour un communiqué, Mitterrand doit passer avant Chirac. Paris et Poivre d'Arvor sont d'un avis contraire : Chirac avec des images doit passer devant un simple texte de Mitterrand, sauf évidemment si ce texte contient une bombe politique. (« Comme bombe, ça commence à faire beaucoup pour la journée ! » commente Masure.) Michèle Cotta se range à l'avis majoritaire : Mitterrand puis Chirac si tous deux font des déclarations, Chirac puis Mitterrand en cas de simple communiqué de la part de l'Élysée.

« A un moment quelconque, annonce Michèle Cotta, mi-figue mi-raisin, il y aura quelqu'un de la direction de la chaîne, qui sera présent en direct, pour dire l'émotion, et la responsabilité de TF1, par rapport à un événement qui s'est, quand même, passé chez nous... »

Des bruits divers, des raclements de gorge, quelques exclamations saluent cette proposition.

« ... Écoutez, reprend la journaliste, réfléchissez, c'est normal, TF1 est engagée dans cette histoire, et il vaut mieux que ce soit quelqu'un de la chaîne, et pas quelqu'un de l'Information, qui vienne s'en expliquer !

— Ça, remarque, c'est vrai ! approuve, comme à regret, Dominique Bromberger.

— Qui ça sera ? Pas Bouygues au moins, j'espère ! Essaie d'avoir Le Lay, tant qu'à faire, suggère de

Closets.

— Ce ne sera ni l'un ni l'autre, précise Cotta. Ils ont refilé le bébé à Mougeotte, qui sera en plateau avec Poivre... C'est tout de même la meilleure solution, à mon avis...

— Ça ne me plaît qu'à moitié, mais enfin, on fera avec... », laisse tomber PPDA.

La discussion est plus longue sur une idée de Dominique Bromberger : le chef du service de politique étrangère suggère qu'un expert ès-médias vienne faire « un petit topo » sur les meurtres diffusés en direct à la télévision, accompagné éventuellement d'extraits où l'on verrait l'assassinat de Kennedy, celui du meurtrier de Kennedy, l'attentat contre Sadate, et d'autres types d'images de ce genre qu'on pourrait retrouver d'ici 20 heures : « Cela permettrait, au-delà du cas de Le Pen, ajoute-t-il, d'élargir au rôle de la télévision dans les moments politiques graves. » La suggestion est approuvée d'emblée par l'assistance, mais l'accord est plus difficile sur le nom de l'expert. On repousse tour à tour les noms de Roland Cayrol (« Roland était déjà là pour parler des sondages électoraux au “ 13 heures ” », rappelle Michèle Cotta), de Jean-Louis Missika et Dominique Wolton (« ils sont quand même plutôt liés à la 2 », soutient Poivre d'Arvor), d'Eliseo Veron (« il est inconnu... on ne sait même pas comment il parle français », plaide Christian Fauvet), de Jean-Marie Cotteret et Francis Balle (« il vaut mieux quelqu'un de neutre politiquement, d'ailleurs ils vont sûrement prendre l'un des deux sur la 5 et l'autre sur Europe », explique Masure).

Le consensus se réalise finalement sur la proposition d'inviter Pierre Salinger, qui est à Paris cette semaine (« c'est toujours payant... et puis il trimbale toujours avec lui le mythe Kennedy ! » avance Bromberger).

« Il y aura une bio de Le Pen, que prépare Brigitte Matron. Je crois que ça sera pas mal, il y a beaucoup d'images, et même deux ou trois docs inédits », précise encore Jean-Claude Paris.

« Attention au commentaire — prévient Michèle Cotta — je ne veux pas d'ennuis inutiles avec le Front national. Que Matron nous le fasse relire avant de l'enregistrer, à toi et à moi. Et qu'on le visionne dès qu'il sera prêt.

— Bien sûr, confirme Paris.

— Bon, relance Cotta, et comme réactions, qu'est-ce qu'on a ? »

C'est Sylvain Gouz qui reprend la parole, en consultant ses notes :

« On a les deux sbires de Le Pen qu'on a enregistrés ici, Mégret et Stirbois. Rien encore du côté de Barre, ni de Rocard. Comme d'habitude, Lang a été le premier à téléphoner pour se proposer, immédiatement suivi par Jobert. On a aussi, si on veut, Pasqua, Jospin, Bergeron, Juppé, Barzach, Gaudin, Krivine et Juquin. Lajoinie n'est pas joignable...

— Joinie, joignable, hi hi ! », ponctue Masure, en baisse de forme.

Il y aura également un reportage auprès des voisins de Le Pen, sur les réactions après sa mort. Reste à régler le problème des « papiers » à faire en direct, toujours très prisés des journalistes car ils permettent de « montrer sa binette » à l'écran...

« N'hésitez pas à faire long, décide Michèle Cotta. Les gens vont être passionnés, il faut faire une véritable édition spéciale. Tant pis si on déborde, j'ai eu le chef d'antenne, on peut aller sans problème jusqu'à 20 h 40, donc faire vingt-sept ou vingt-huit minutes sur Le Pen, et regrouper toutes les autres nouvelles en une dizaines de minutes, à la fin du journal. Alors, je pense qu'il faut deux papiers. L'un d'Arlette (Chabot), qui vienne en " chapeau " des réactions des hommes politiques. Et un autre, que je ferai, sur l'analyse de l'importance de la mort de Le Pen pour l'avenir de la vie politique en France... » Thierry Roland, silencieux jusque-là, n'obtient que deux minutes — au lieu des « quatre, minimum » qu'il exigeait — pour les buts de Coupe d'Europe. Encore est-ce parce qu'il fait une grosse colère...

Fin de la réunion : chacun des participants retourne fébrilement à sa tâche en se plaignant de « l'inorganisation de cette baraque » — on se plaint beaucoup, dans l'audiovisuel, c'est un rite de privilégiés. Mais tous ont conscience de vivre, à un poste d'observation irremplaçable, des minutes historiques...

Lundi, 18 heures, hôtel Matignon

Le Premier ministre, assis à sa table de travail, relit le texte qui lui a été préparé. Édouard Balladur est à ses côtés, ainsi qu'Alain Juppé, Jean-Michel Goudard, Roger Romani et Jean-Jacques de Peretti. On sent Jacques Chirac tendu, peu sûr de lui. Il n'arrête pas de retirer ses lunettes et de s'essuyer les yeux.

« Je ne sais pas... je ne sais pas, dit-il après un long silence. Est-ce qu'il faut être aussi... comment dirai-je, aussi aimable avec Le Pen ? Il a eu l'élégance de mourir au bon moment, soit. Les morts sont parés de mille vertus, soit. Mais est-ce qu'on ne fait pas une erreur politique en lui passant trop de pommade ?

— Mais, intervient Balladur en fronçant le sourcil, signe chez lui d'une grande agitation, je ne crois pas du tout qu'on lui passe de la pommade. Voyons, relisons ce texte ligne à ligne... » « Relisons » : le ministre d'État emploie sans doute un pluriel de majesté, car le voici qui récite à voix haute le texte de l'allocution préparé pour Jacques Chirac...

« “ La République, la démocratie, vivent des heures difficiles. Un acte terroriste dément vient de frapper, d'une manière aussi spectaculaire qu'abominable, un élu du peuple, le candidat à l'élection présidentielle d'une des grandes familles politiques françaises... ”

— “ Une des grandes familles politiques ”, c'est peut-être exagéré, hasarde Juppé.

— C'est vrai, concède Balladur. Disons (il prend son stylo à plume en or et corrige en même temps) : “ L'un des candidats à l'élection présidentielle... ”

— Là, ce n'est pas assez, commente Chirac.

— Alors, admet Balladur, mettons “ l'un des candidats importants à l'élection présidentielle ”. D'accord ? Je poursuis ma lecture. “ Je suis sûr de traduire le sentiment profond de tous les Français en stigmatisant de la manière la plus vigoureuse un acte qui déshonore ses auteurs et notre pays... ”

— J’enlèverais “ notre pays ”, dit Juppé.

— Oui, moi aussi, lâche Balladur, qui raye les deux mots et reprend : “ Au-delà des croyances philosophiques et des opinions politiques, c’est, j’en suis profondément convaincu, le peuple français dans ses profondeurs... ”

— Très bien “ dans ses profondeurs ”, souligne le publicitaire Goudard...

— Oui, c’est du De Gaulle, l’informe Balladur, qui continue : “ dans ses profondeurs, qui est aujourd’hui révulsé par l’horreur ” — vaudrait-il mieux “ révulsé d’horreur ” ?... non, “ révulsé par l’horreur ” me paraît bien — “ c’est le peuple français tout entier qui est blessé par ce projectile... ”

— Un seul protectile, et le peuple français tout entier est blessé, voilà bien le miracle de la télévision ! s’exclame de Peretti.

— Je vous en prie — demande le Premier ministre — un peu de décence, et arrêtez d’interrompre le ministre d’État.

— Cela dit, convient Balladur, Peretti n’a pas tout à fait tort, ça fait un peu pompier. Disons plutôt : “ C’est le peuple français tout entier qui se ressent blessé par ce sauvage attentat. ” Je continue : “ En tant que chef du gouvernement de la France, je ne me déroberai pas devant mes responsabilités... ”

— Ça, ça fait toujours très bien, approuve Goudard, qui ne remarque pas le regard torve que lui décoche le ministre d’État, en enchaînant : “ J’ai tenu à prendre la parole ce soir pour dire deux choses essentielles aux Françaises et aux Français. La première, c’est que l’ordre sera maintenu. Je suis en liaison constante avec monsieur le ministre de l’Intérieur ; lui-même supervise personnellement l’enquête de nos services de police. Les coupables seront retrouvés, et déférés dans les meilleurs délais à la justice de la République. J’en prends ce soir l’engagement formel... ”

— Est-ce que ça n’est pas trop, “ l’engagement formel ” ? s’enquiert Jacques Chirac. On ne sait pas ce que l'enquête peut donner. J'ai encore eu Charlie il y a un instant, les flics pataugent littéralement dans la choucroute...

— Non, non, rassure Balladur. On est tout de même en pleine campagne présidentielle. Un truc comme ça peut être au contraire une chance inespérée de prouver que le Premier ministre gouverne, avec fermeté, qu'il tient la barre d'une main solide, contrairement à d'autres candidats, députés de Lyon ou pas, qui se contentent de déblatérer dans le brouillard...

— Bon, se laisse convaincre Chirac. Allons-y... La suite...

— “ Que les criminels et les trublions ne misent pas non plus sur je ne sais quelle division au sommet de l'État en ces moments tragiques. Le gouvernement et le Président de la République agissent dans la plus parfaite concertation. Aucune opportunité de campagne électorale ne saurait en la circonstance faire dévier d'un pouce la ligne de conduite de l'État dont, chacun à notre place, nous assumons la charge, le Président de la République et moi-même... ”

— Là, est-ce que ça n'est pas trop “ cohabitationniste ” ? s'interroge Chirac.

— Non, tous les sondages montrent que l'argument passe toujours très bien, tranche Balladur. En fait, où est-ce que ça en est ? Est-on en contact avec Mitterrand ?

— Je l'ai eu au téléphone à 15 heures. Il devait me rappeler avant 18 heures. Comme d'habitude, il est en retard... Mais finissons-en avec cette déclaration, c'est plus urgent...

“ C'est le premier message que j'entends ce soir faire parvenir à mes compatriotes : l'autorité de l'État sera maintenue. La démocratie saura résister, par tous les moyens légaux, à l'agression des lâches et des assassins. La seconde chose que j'ai à vous dire concerne évidemment la personnalité même du disparu. Jean-Marie Le Pen était une figure controversée mais éminente de notre vie politique... ”

— Je dirais plutôt “ controversée et éminente ”,

ou même plutôt “ éminente et controversée ”, affirme Romani.

— Objection valable, reconnaît Balladur. Je reprends ; “ Jean-Marie Le Pen était une figure éminente et controversée de notre vie politique. Je m'incline aujourd'hui devant la douleur des siens... ”

— C'est vrai qu'il vaut mieux ne pas faire directement référence à sa femme ! observe, ironique, de Peretti.

— Peut-on terminer ? demande le ministre d'État avec un soupçon d'agacement.

— “ On sait quelles divergences existaient entre la majorité issue des urnes en 1986 et les thèses de Jean-Marie Le Pen. La douleur des circonstances ne doit pas nous inciter à les gommer artificiellement. Mais je dois le dire aux amis de Jean-Marie Le Pen comme à ceux qui envisageaient de voter pour lui : les soucis qui étaient ceux du président du Front national devront être pris en compte. Dans un monde difficile et violent — et le crime d'aujourd'hui constitue à cet égard un très grave avertissement — il faut que l'ordre et la sécurité passent au premier plan des préoccupations. Il faut que la France et les Français, et je dirai d'abord ceux qui sont ses enfants légitimes, se sentent protégés et aimés. C'est à quoi personnellement, soyez-en sûrs, je m'emploierai sans relâche. ” Point final. Moi, je trouve que c'est bien, conclut Édouard Balladur.

— Enfin, c'est vrai que c'est peut-être un peu “ lepéniste ” de tonalité, avance Juppé.

— Non, en réentendant le ministre d'État, je suis d'accord avec lui, je trouve que cela convient parfaitement, arbitre Jacques Chirac. Et puis, c'est percutant parce que ce n'est pas trop long. Bien, s'il n'y a plus de remarques, j'ai besoin de le répéter immédiatement deux ou trois fois avant de l'enregistrer... »

Lundi, 18 h 15, quai des Orfèvres

Reboul raccroche le combiné. Il comprend, c'est sûr, l'impatience du ministre de l'Intérieur, il apprécie de pouvoir disposer de « tous les moyens » nécessaires à son enquête. Mais comment aller plus vite que la musique ?

Chantal Dupuis vient d'entrer dans son bureau — dont la porte est revêtue de l'autocollant « Entrez sans fumer ».

« Alors, Chantal, Pasqua s'impatiente. Où en sommes-nous ? »

La Bardot de la P.J. se met en devoir de rendre compte, méthodiquement, à son patron, de l'état de ses investigations sur les présents au studio 4 pendant le journal de 13 heures. Fugitivement, elle pense que leur répartition des rôles, à Reboul et à elle, ressemble à ce qu'on lui a décrit pour Michèle Cotta et Jean-Claude Paris : le commissaire dirige, et s'occupe des relations extérieures, tandis qu'elle fait le boulot quotidien de l'actualité...

De ses explications, il ressort que la tâche n'est peut-être pas aussi démesurée qu'ils l'avaient d'abord cru. Bien sûr, *tous* les journalistes de TF1 peuvent être passés en studio ou en régie pendant l'émission d'Yves Mourousi. Mais les journalistes sont aussi des gens qui déjeunent en ville, ne serait-ce que pour glaner des informations de la part de leurs « sources » habituelles ; les gens de pouvoir, hommes politiques, hommes d'affaires, dirigeants d'organismes les plus divers, aiment bien « traiter » les journalistes dans les bons restaurants, espérant s'attirer leurs faveurs et être à leur tour bien « traités » sur TF1 lorsque l'actualité les concernera... Bref, le dispositif de tir de la caméra 3 ayant été fixé entre 13 h 18 et 13 h 22, c'est une heure à laquelle beaucoup pourront avoir des alibis aisément vérifiables. Chantal possède dès maintenant une liste sûre de journalistes localisés, à l'heure dite, dans des restaurants du quartier de la place de l'Alma — non loin de la rue Cognacq-Jay, de l'autre côté de la Seine. Il est clair que les « cantines » des journalistes ne sont pas celles des fonctionnaires de la P.J. ! On sait déjà par exemple, avec certitude, que Jean Lanzi déjeunait avec Jean-Pierre L'Hénan, de RTL (« Tiens ! », se dit Reboul), « Chez Edgar » ; que François de Closets était à une table voisine du même établissement avec Jean-François Kahn ; que Jean-Luc Mano se régalait « Chez Baumann » avec Guillaume Durand, de la Cinq (« Tiens, tiens ! », se redit Reboul) ; que Brigitte Matron et François Lanzemberg étaient attablés avec Hélène Ahrweiller, le recteur de Paris, « Au Relais » ; Arlette Chabot avec Jacques Chaban-Delmas « Chez Francis » ; Florence Schall avec Pascale Breugnot à « La Brasserie de l'Alma » ; Alain Ammar avec le secrétaire général de la F.E.N. et deux de ses collaborateurs chez « Martin-Alma » ; Bernard Chevalier avec Noël Copin, de *La Croix*, « Chez Bonaventure »...

Reboul avale sa salive et attend la suite du récit de Chantal. Côté techniciens, machinistes et visiteurs extérieurs, cela fait au total quarante-deux personnes à interroger. « Après tout, ce n'est pas la mer à boire », commente l'inspecteur principal en jupons. Toute la brigade s'est mise en piste pour voir chacun d'entre eux.

Il y a encore les invités du journal de Mourousi. Chantal en égrène la liste : l'écrivain Éric Orsenna — pour son dernier roman — le politologue Roland Cayrol — venu parler de sondages — le journaliste Alexis Liebaert — pour la parution d'une lettre confidentielle mensuelle dont il est l'éditeur — et le rédacteur en chef de *L'Expansion*, Albert du Roy — pour un numéro spécial de son bimensuel consacré aux « décideurs ».

« Les trois autres, je vois qui c'est, mais connais-tu Orsenna ? questionne Chantal.

— Oui, c'est un bon romancier. Son vrai nom, à la ville, est Éric Arnoult. Il est au Conseil d'État, après avoir passé plusieurs années à l'Élysée, comme conseiller de Mitterrand pour la culture. »

Il y a enfin des hommes politiques détenteurs de cartes d'entrée à TF1 pour la journée, et qui semblent bien les avoir utilisées. Reboul connaît déjà cette liste, que lui a communiquée tout à l'heure Michèle Cotta : Michel Noir, Jacques Toubon, Bernard Stasi, Alain Madelin, Joseph Franceschi, Maurice Benassayag, Claude Évin, Guy Carcassonne, Jack Ralite, Charles Fiterman, Jean-Pierre Stirbois et Bruno Mégret.

« Pour les accompagnateurs de Le Pen, précise Chantal, il faut ajouter un troisième homme, que Le Pen a amené en plus : Roger Holeindre.

— C'est vrai qu'il faut faire spécialement attention de ce côté-là, fait remarquer Reboul. Avec les gens d'extrême-droite, on n'est jamais à l'abri d'un règlement de comptes...

— Tu crois ? », fait Chantal avec une moue dubitative.

En tout cas, pour tous ceux-là aussi, invités de Mourousi et hommes politiques, la vérification des alibis a commencé.

« O.K., commente sobrement le commissaire. Réservons-nous, toi et moi, les plus " gros poissons "...

— Évidemment, qu'est-ce que tu crois, répond Chantal avec un sourire complice avant d'ajouter : Il reste bien sûr l'hypothèse de quelqu'un de tout à fait extérieur, qui aurait réussi à s'infiltrer dans le bâtiment de Cognacq-Jay et que personne n'aurait remarqué. Mais je te dirai, Eugène, que j'y crois de moins en moins... »

Lundi, 18 h 20, Palais de l'Élysée

« Pardon, monsieur le Président, est-ce que vous ne deviez pas rappeler le Premier ministre ? » C'est l'immense et souriant Bianco, le secrétaire général de la Présidence de la République, qui s'enhardit à rappeler son rendez-vous téléphonique à François Mitterrand.

« Attendons encore un peu, grommelle le chef de l'État ; laissons-les mariner dans leur jus. Après tout, la disparition de Le Pen est une affaire de famille pour eux, pas pour moi... »

Ils sont six dans le bureau présidentiel. Lui derrière son bureau, eux campés dans les lourds fauteuils qu'on a rapprochés : Jean-Louis Bianco, et puis le conseiller spécial Jacques Attali, le conseiller pour les affaires de police Gilles Ménage, le conseiller pour les problèmes institutionnels Michel Charasse, et le porte-parole, la blonde Michèle Gendreau-Massaloux. L'atmosphère n'est pas à la gaieté débordante. C'est le Président qui donne le ton :

« Vous avez tort de sourire, reproche-t-il à Ménage, qui pourtant souriait à peine. Cette histoire est très embêtante. Vraiment très embêtante...

— Remarquez, intervient Michel Charasse, la critique selon laquelle c'est sous votre septennat que Le Pen a pris de l'importance est maintenant annulée : c'est aussi sous François Mitterrand qu'il a été éliminé ! »

Le poupin sénateur du Puy-de-Dôme a souvent le don de dérider le Président de la République, mais cette fois il tombe à plat.

« Encore une fois, je vous invite tous à prendre cet événement au sérieux. »

Seuls Attali, qui regarde les autres d'un air désapprobateur et navré, et Michèle Gendreau-Massaloux, immobile, les mains sagement posées sur les genoux, estiment que le conseil est pour eux superflu : ils avaient, tout de suite, mesuré la gravité de la situation. Le Président continue :

« Le climat qui va être créé risque d'être médiocre. Dans le besoin de sécurité ambiant, on peut me reprocher, à moi, de ne pas maintenir l'ordre. Imaginez, en plus, que ce soit un groupe de gauche qui ait fait le coup... Et puis électoralement, c'est très, très, très mauvais. Jamais l'extrême-droite ne retrouvera un dirigeant qui pompe autant de voix, et qui rende les reports de second tour aussi délicats à l'intérieur de la droite... »

Jacques Attali regarde Mitterrand fixement. Il se laisse aller — une fois n'est pas coutume — à un moment d'admiration éperdue pour son grand homme : quelle capacité à passer, sans transition — se dit-il —, de la réflexion philosophique sur le sens de l'Histoire aux considérations les plus concrètes, et souvent les plus triviales, de basse-cour électorale !

« Vous avez raison, intervient le conseiller spécial : vous devez parler, ce soir, aux Français, et montrer que vous êtes toujours le garant de leur sécurité...

— Pourquoi dites-vous que j'ai raison ? s'enquiert Mitterrand. Je n'ai rien dit de tel. Je ne suis pas si sûr, moi, qu'il me faille parler. Je vous dirai : j'ai plutôt l'impression contraire. Ils vont tous prendre la parole, la main sur le cœur, à commencer par le Premier ministre. Parler quand tout le monde le fait... Peut-être vaut-il mieux publier un simple communiqué, pour le moment. Ensuite, on verra. Vous savez, c'est difficile d'exprimer des choses fortes dans ces circonstances-là sans avoir l'air de faire peu ou prou l'éloge du défunt. Or, je n'imagine pas qu'on m'attende dans le rôle du thuriféraire de M. Le Pen !... »

Ils discutent, pèsent le pour, soupèsent le contre, tentent d'imaginer surtout ce que va dire Chirac, ce que va déclarer Barre. Et Rocard, et le P.C. Et même Léotard. A aucun moment ils ne se demandent quelle sera la réaction du parti socialiste, sauf lorsque la secrétaire du Président fait savoir que M. Jospin vient d'appeler pour la quatrième fois pour demander ce que son parti devrait déclarer. Encore, dans le feu de la discussion, oublient-ils ce détail...

Ils envisagent aussi l'avenir : en quoi la mort de Le Pen va-t-elle influer sur les votes au premier tour ? Et au second ? Qui va porter les couleurs de l'extrême-droite à la place de Le Pen ? Est-ce que le P.C. va récupérer quelques voix perdues ?

Après une heure d'horloge, la décision apparaît lumineuse : il faut se taire, et donner à la presse un communiqué : solennel, digne, présidentiel.

« Oui, oui, c'est mon avis. Cette solution me convient parfaitement », affirme Attali.

Charasse et Bianco se mettent dans un coin, près de la fenêtre, pour rédiger un projet de texte. Pendant ce temps, Michèle Gendreau-Massaloux invente un petit jeu qui plaît beaucoup à François Mitterrand. Il consiste à imaginer — et à singer — la réunion qui doit se tenir au même moment, de l'autre côté de la Seine, à Matignon, autour de Jacques Chirac.

Ils ne sont pas mauvais dans leurs suppositions quant au nom des présents. Ils oublient Romani, mais y voient faussement Toubon et Denis Baudouin. Et le Président est irrésistible lorsqu'il imite Chirac en lui faisant dire : « Je suis personnellement en plein accord avec M. le ministre d'État... » Michèle Gendreau-Massaloux rit de toutes ses dents. Jacques Attali, lui, reste de marbre en pensant : les gens se demandent souvent à quoi jouent les puissants, dans les temps modernes, il faudra donc ce soir que je consigne cette scène dans mon journal...

Lundi, 18 h 55, 17 rue de l'Arrivée à Paris (15ᵉ)

Le commissaire Reboul se présente au siège des services centraux de TF1, c'est-à-dire à « Montparnasse », comme il s'est mis à dire, lui aussi.

Il décline son identité, et doit présenter sa carte au gardien, avant d'avoir le droit d'appeler l'ascenseur.

« TF1 a-t-elle bien été privatisée ? » s'étonne Reboul, en constatant l'absence de l'hôtesse d'étage annoncée. Le policier doit demander son chemin de proche en proche à des hommes, tous l'attaché-case à la main et un badge TF1 au revers de la veste, qui ressemblent à des caricatures de jeunes cadres dynamiques. Ce sont les « Bouygues boys », qui viennent du « groupe » et envahissent TF1, lui expliquera-t-on par la suite. Il fait finalement irruption dans le bureau de Patrick Le Lay — le vice-président et directeur général de TF1 — avec qui il a rendez-vous.

« Monsieur le commissaire, attaque tout de suite le sobre Le Lay, visage glabre traduisant peu d'expression, lunettes, costume gris moyen, quelqu'un qu'on s'attendrait plutôt à trouver dans une banque qu'à la tête d'une entreprise de spectacles et d'information — je suis à votre disposition. Y a-t-il quoi que ce soit que je puisse pour vous ? Vous comprendrez que cette affaire représente pour notre chaîne un ennui, une gêne considérables...

— Peut-être plus encore que vous ne le pensez... laisse tomber, énigmatique, le policier.

— Co... comment l'entendez-vous ? », s'étrangle l'homme de confiance de Francis Bouygues.

Reboul entreprend d'expliquer à Le Lay — « sous le sceau du secret », précise-t-il — l'interversion des places entre Le Pen et Mourousi.

« ... Bref, conclut-il, c'est peut-être bien Yves Mourousi qui était visé par le meurtrier...

— Ciel, mais c'est épouvantable ! s'exclame Le Lay. Enfin, je veux dire, ce serait plus épouvantable encore pour la chaîne ! Quelle histoire ! » Le pauvre homme a l'air pétrifié.

« Eh oui ! fait mine de se lamenter avec lui le commissaire. C'est la raison de ma présence ici. Je voudrais faire le point, discrètement, avec vous sur les gens qui auraient pu en vouloir à Yves Mourousi au point d'attenter à sa vie...

— Mais vous savez, commissaire, je le connaissais très peu... Et même pratiquement pas du tout ! On m'a dit qu'il avait une vie privée assez agitée...

— Non, non, je ne veux pas parler de cela, l'interrompt Reboul. J'ai bien sûr des enquêteurs en piste sur les aspects privés des activités de M. Mourousi. Ce que j'attends de vous, ce sont des informations sur le plan professionnel. Yves Mourousi a-t-il des ennemis, à la télévision, des gens qui auraient pu souhaiter sa mort ?

— Vous savez, monsieur le commissaire — Le Lay répond très vite, comme dans un cri du cœur —, dans cette maison, tout le monde est l'ennemi de tout le monde ! On se dit " chéri ", on se tutoie, on passe ses vacances ensemble, mais on se déteste ; vous n'imaginez pas, on se déteste. Tout le monde — vous entendez, monsieur le commissaire — tout le monde souhaite la mort de tout le monde ! »

L'air bien las, il continue : « Je ne me ferai jamais aux excès de ce milieu. Je vous l'assure, ils paraissent s'adorer, mais ils se jalousent, ils se haïssent, ils ne se supportent pas en peinture. Oh non, cela, je ne m'y ferai pas, même si, par ailleurs — n'allez pas vous tromper —, c'est très intéressant d'occuper la fonction que j'occupe ici.

— Je ne m'y trompe pas, répond Reboul en souriant (il en a même l'air persuadé). Mais, dites-moi, entre cette atmosphère de détestation cordiale et le fait de monter un assassinat compliqué, aussi froidement, contre une vedette de la chaîne, il y a un pas, non ?

— C'est vrai », concède le directeur général de TF1, qui prend son menton dans les mains et réfléchit en silence plusieurs secondes. Des éléments lui reviennent en mémoire, qu'il livre au commissaire. Les petites jalousies suscitées par la notoriété de Mourousi, et aussi par son rattachement direct au P.-D.G. de la chaîne, depuis la prise de contrôle de TF1 par Bouygues. Rien de très concret, toutefois.

A un moment, pourtant, Reboul dresse l'oreille, tourne une page de son carnet à spirale et prend des notes. Le Lay fait référence à un élément ignoré jusqu'à présent : Francis Bouygues avait envisagé un remplacement d'Yves Mourousi au « 13 heures ». Ou plus exactement, Mourousi avait fait savoir à Bouygues qu'il souhaitait abandonner le journal télévisé de la mi-journée, pour se consacrer à ses autres émissions, à un nouveau projet de magazine, et à ses activités extérieures à la chaîne, du festival de Cannes au bicentenaire de la Révolution...

Francis Bouygues avait dès lors commencé des consultations pour pourvoir au remplacement d'Yves Mourousi. Mais finalement — il y a une dizaine de jours à peine — le présentateur avait changé d'avis et décidé de garder le « 13 heures ». Dans ces conditions, le président Bouygues avait évidemment décidé de conserver les choses en l'état. La succession d'Yves Mourousi, avait-il fait savoir, ne s'ouvrira que lorsque l'intéressé le souhaitera — « c'est-à-dire probablement — avait-il conclu dans un éclat de rire — sur son lit de mort ». Évoquant cette phrase de son patron, Patrick Le Lay tressaille et ajoute :

« On ne peut s'empêcher d'avoir froid dans le dos, en repensant à cette formule, et en sachant ce que vous venez de m'apprendre : que Mourousi était peut-être visé par cet odieux attentat...

— En effet, confirme Reboul. Savez-vous qui avait été contacté pour remplacer Yves Mourousi ?

— Oui, dans ce cas, je crois savoir, répond Patrick Le Lay avec un sourire furtif. Je précise : dans ce cas, parce que ça n'est pas toujours vrai...

— Ah bon ? fait Reboul, d'un air faussement indifférent. Je croyais que vous étiez le bras droit de M. Bouygues, que vous étiez associé à tout ?

— Son bras droit, oui, je crois qu'on peut le dire. De

là à être associé à tout, vous savez... Il y a des décisions importantes concernant la chaîne que j'ai carrément apprises par les journaux... »

Devant un spectateur attentif, qui n'est ni salarié de TF1 ni journaliste, Le Lay se sent visiblement en veine de confidences.

« Tenez, reprend-il : la nomination d'Étienne Mougeotte à la direction des programmes de la chaîne. C'était une idée absurde, Mougeotte était chez Hachette, il s'était conduit en adversaire du groupe Bouygues au moment de l'attribution de TF1, c'était un incroyable aveu de faiblesse que de le faire venir, surtout à un poste pareil... Eh bien, j'ai appris que M. Bouygues l'avait embauché par... la bouche d'un membre de l'équipe précédente, un ancien collaborateur de M. Bourges !

— Incroyable, affirme, compatissant, le commissaire. Et qui peut lui avoir soufflé une telle idée ?

— D'après ce que j'ai compris, c'est le publicitaire Jacques Séguéla, avec qui il avait passé un dimanche à la campagne... Lorsque, après deux ou trois coups comme celui-là, je me suis ému auprès de M. Bouygues, que je lui ai dit que, dans ces conditions, il valait mieux que je quitte TF1, pour m'occuper à nouveau de la diversification du groupe Bouygues, vous savez ce qu'il m'a répondu ? »

Le Lay voit le regard interrogateur de Reboul avant de poursuivre : « Eh bien, il m'a dit froidement : “ Si vous voulez quitter TF1, d'accord. Mais je vous préviens : à ce moment-là considérez-vous aussi comme démissionnaire du groupe Bouygues ! ”

— Incroyable, vraiment, répète, de plus en plus compatissant, le commissaire Reboul. Mais en tout cas, pour ce qui est du remplacement d'Yves Mourousi, vous avez été associé à toute l'affaire ?

— Oui, oui... Excusez-moi, je m'égarais avec des considérations personnelles hors de propos...

— Mais non, c'est très intéressant, je vous assure. Qui donc devait succéder à Mourousi ?

— Le choix définitif n'était pas fait. M. Bouygues avait vu plusieurs personnes, et chacune d'entre elles pouvait valablement conserver de leur conversation l'impression qu'elle serait sûrement retenue...

— Ah oui ? s'étonne Reboul.

— Eh oui, renchérit Le Lay. Il sait être tellement chaleureux, donner tellement le sentiment qu'il est d'accord, que son interlocuteur ne se rend pas compte que le choix n'est pas fait ; moins encore, qu'il n'a aucune chance dans l'esprit du Président...

— Alors, qui étaient ces successeurs " sûrs " ? s'interroge Reboul.

— Voilà. Je veux être certain de n'oublier personne. Il y avait des journalistes de la chaîne : Bruno Masure, Dominique Bromberger, Anne Sinclair, Jean Offredo. Et puis des gens extérieurs à TF1 : Michel Drucker...

— Mais il est plutôt présentateur de variétés ? s'étonne Reboul.

— Oui, encore qu'il soit titulaire d'une carte de journaliste, je crois. Mais ce serait sûrement une très bonne idée de lui faire animer une " tranche " horaire qui soit à la fois d'information et de divertissement...

— Mmm... D'autres élus, demande Reboul ?

— Oui : Jean-Pierre Elkabbach, d'Europe N° 1, Noël Mamère, d'Antenne 2 et Jacqueline Alexandre, de FR3...

— Celle qui fait des bourdes ? Celle qui a parlé de " M. Henri Batasuna " à propos du mouvement indépendantiste basque Herri Batasuna... ? s'amuse Reboul.

— Oui, si vous voulez. Mais ce sont des erreurs de débutante au journal télévisé. Elle est très belle, elle a beaucoup de présence à l'antenne, ce pourrait être une nouvelle Christine Ockrent, dans un genre différent...

— Ah bon... C'est tout ?

— Oui, vous avez toute la liste, monsieur le commissaire. »

Reboul insiste auprès de Patrick Le Lay pour qu'il conserve à leur entretien le plus strict caractère de confidentialité. Le vice-président de TF1, conscient de la gravité de ses propos, en tombe évidemment d'accord. Et Reboul repart avec en poche, se dit-il, « enfin une première liste de vrais suspects »...

Lundi, 19 heures, rue Cognacq-Jay

L'interphone retentit dans tous les bureaux du sixième étage : « Dominique Bromberger ! On demande Dominique Bromberger chez Michèle Cotta ! » L'intéressé est dans le couloir, à hauteur du service économique, lorsqu'il entend le message. Il n'a que quelques pas à faire pour se retrouver dans le secrétariat du Directeur de l'information.

« Michèle me cherche ?

— Oui, vas-y, elle est seule », indique l'assistante.

Michèle Cotta est en train de signer une liasse de bordereaux de missions.

« Ah, Dominique ! Il faut que tu te prépares à remplacer Mourousi, pas seulement demain, mais sans doute pendant un certain temps. Je viens d'avoir l'hôpital américain. Son état est tout de même sérieux. Il aura besoin de repos pendant plusieurs jours. »

Bromberger quitte le bureau directorial en se rongeant les ongles — une habitude qui a toujours énervé son entourage. Il n'est pas mécontent d'être investi de cette responsabilité, mais comme d'habitude, à l'idée des difficultés qui l'attendent, il ne peut s'empêcher de ressentir un stress qui lui gâche provisoirement son plaisir.

Lundi, 19 heures, salle des Quatre-Colonnes de l'Assemblée nationale

Devant plusieurs caméras, Raymond Barre enregistre une déclaration destinée aux journaux télévisés de la soirée.

« C'est ce soir un parlementaire qui rend hommage à un autre parlementaire. Par le meurtre horrible d'aujourd'hui, les institutions de la République reçoivent un coup terrible, devant lequel doivent se dresser tous les défenseurs de la République, quels qu'ils soient. Pour ce qui me concerne, la voie est tracée et chacun connaît mes positions, qui ne datent pas d'aujourd'hui. Il faut redonner à la Ve République son vrai visage, sa vraie nature, avec un Président qui en soit un, soutenu par une même majorité dans le pays et dans le Parlement. C'est à cette condition, et à cette condition seulement, que sera restaurée l'autorité de l'État, sans laquelle tout va à vau-l'eau.

« Quant à mon collègue Jean-Marie Le Pen, quelles qu'aient pu être nos différences d'appréciation, je tiens à saluer ici son courage et sa ténacité au service de ses idées. Lorsque des personnalités d'exception sont frappées, on souhaite, toujours, qu'elles ne soient pas mortes pour rien. Dans la triste circonstance d'aujourd'hui, le sacrifice de Jean-Marie Le Pen n'aura pas été vain s'il sait nous inciter à nous réunir autour des idées de République, d'autorité, d'ordre et de sécurité. »

« Je vous remercie », ajoute Raymond Barre à l'intention des journalistes, en leur adressant un petit salut de la main. Après quoi, ils s'éclipse rapidement, en entraînant par la manche son collaborateur Jacques Alexandre, à qui il souffle :

« Faites en sorte qu'on ne sache pas que je devais rencontrer Le Pen ce soir... »

Lundi, 19 h 10, Palais de l'Élysée

Le Président de la République est seul à son bureau. Il a demandé à sa secrétaire de lui appeler Charles Pasqua au téléphone. La sonnerie retentit.

« Allô, monsieur le ministre de l'Intérieur ? On me rapporte que vous auriez déclaré à la télévision que la police était sur une piste extrêmement sérieuse, dans l'affaire Le Pen. Est-ce bien vrai ?

— Que voulez-vous dire, monsieur le Président ? Est-ce bien vrai que je l'ai déclaré ou est-ce bien vrai qu'il y a une piste ? interroge, circonspect, le ministre dans ses petits souliers...

— Je n'avais pas fait l'hypothèse, monsieur le ministre de l'Intérieur, que vous puissiez avoir fait une telle déclaration hors de toute réalité. Serait-ce le cas ?

— Pas exactement, monsieur le Président. J'ai voulu

d'abord rassurer l'opinion, lui faire comprendre que nous agissions. Pour ce qui est des pistes, nos meilleurs limiers sont sur l'affaire, et il est trop tôt pour se prononcer…

— Ah bon… fait Mitterrand, l'air volontairement déçu. Restez en tout cas en contact avec moi sur cette affaire, et que vos services ne redoutent pas de déranger ici messieurs Attali, Bianco ou Ménage, en permanence. Je considère cette affaire comme aussi grave pour notre sécurité que l'affaire iranienne…

— Bien sûr, monsieur le Président, nous ne manquerons pas de vous tenir informé… »

Le Président raccroche, et demande qu'on fasse venir Mme Gendreau-Massaloux. En l'attendant, il prend un bloc de feuilles de papier et, de son nouveau stylo Mont-Blanc, commence à écrire. Lorsque le garde eut fait entrer son porte-parole, il relève enfin la tête, sourit à sa collaboratrice, et lui tend l'une des feuilles :

« Tenez, vous pourriez faire diffuser aussi ce communiqué… » Michèle Gendreau-Massaloux lit : « *Le Président de la République s'est entretenu par téléphone avec M. le ministre de l'Intérieur au sujet de l'odieux attentat perpétré contre Jean-Marie Le Pen. Il lui a donné des instructions pour que les moyens les plus importants soient mis à la disposition des services de police, afin que les coupables soient rapidement démasqués, et que force reste à la loi.* »

Lundi, 20 heures, rue Bernouilli à Paris (8e),
au siège du Front national

L'état-major du Front national est réuni, au grand complet, pour prendre les mesures exigées par les circonstances, en cette journée tristement historique pour l'extrême-droite. Ceux qui étaient en province sont finalement tous revenus, rejoignant les Parisiens, qui discutent entre eux, de manière informelle, depuis plusieurs heures, ou répondent au téléphone, aux innombrables appels des journalistes, des fédérations, des militants ou des sympathisants.

L'atmosphère est grave, tendue, sérieuse. On ne ressent pourtant guère l'émotion qu'on pourrait être en droit d'attendre d'une assemblée des compagnons les plus proches d'un leader tragiquement disparu : peut-être la conscience des enjeux l'emporte-t-elle sur la tristesse ? Peut-être le vide de l'absence se manifestera-t-il plus tard, demain, dans quelques jours ? Seule Yann Piat, les yeux rougis, gilet noir sur son tee-shirt blanc, paraît effondrée, bouleversée.

En tant que secrétaire général du Front, Jean-Pierre Stirbois préside la réunion. Il rappelle l'ordre du jour — essentiellement : les conditions du déroulement de l'enterrement de Le Pen, et l'élection présidentielle — et signifie à ceux qui ne le sauraient pas encore qu'ils doivent s'interrompre au plus tard à 22 h 30, pour aller tous poser pour une « photo de famille », autour de la dépouille du chef défunt. Une photo qui manifestera l'unité et la détermination, dans le malheur. Il demande si des points supplémentaires sont à ajouter à l'ordre du jour. Jean-François Jalkh, soutenu par Roger Holeindre, fait savoir qu'il a été saisi par plusieurs militants d'une demande d'autorisation pour l'organisation d' « expéditions punitives » dans la soirée, sur des permanences du parti communiste ou le siège de SOS-Racisme.

« J'ai répondu que j'étais tout à fait réticent, mais que j'en parlerais ici ce soir. Ce qu'il faut bien voir, c'est que les gars sont remontés... »

Après Jean-Claude Martinez et Bruno Gollnisch, Stirbois et plus encore Mégret disent leur hostilité à cette contre-attaque. Mégret résume les arguments :

« D'abord, on ne sait pas d'où vient l'attentat. Ça peut aussi bien venir de chez Chirac, ou de bandes fascistes, que des moscoutaires et des socialos. Ne privilégions pas, par des actions irréfléchies, tel ou tel adversaire. Et puis, ça n'est pas au moment où nous avons tellement gagné en respectabilité que nous devons nous laisser assimiler à une organisation de commandos armés. Ces cinq dernières années de travail autour de Jean-Marie n'auront servi à rien, si on se fait affubler à nouveau de l'étiquette de l'extrême-droite musclée.

Enfin, réfléchissez ! On est présent dans les institutions, la presse nous traite comme un parti respectable, à part entière. Pas plus tard que ce matin, j'ai reçu les résultats de l'étude que nous avons commandée à la SOFRES, dont on reparlera dès qu'on aura un peu de calme. Eh bien, sachez en tout cas que les électeurs de droite — R.P.R. et U.D.F. — nous considèrent massivement comme un allié tout à fait normal pour l'après-élection présidentielle : il y a un fossé là-dessus entre les dirigeants chiraquiens ou lecanuettistes et l'opinion de leurs électeurs ! Alors, de grâce, ne bazardons pas tout ça avec quelques actions irréfléchies, juste pour se faire plaisir le temps d'une soirée !

— Sur tout ça, on est bien sûr d'accord, intervient Roland Gaucher. Le problème, c'est de savoir si on donne le " feu vert " aux militants, étant bien entendu qu'ensuite on condamnera formellement l'opération et que, si des gars sont interpellés, on dira qu'ils n'appartiennent pas au Front national ! »

Le débat est ici plus difficile. On peut imaginer des avantages à cette solution, font valoir certains membres du Bureau : cela montrera qu'on ne se laisse pas maltraiter, attaquer, assassiner sans réagir ; cela fera faire un peu de gymnastique aux militants ; cela attestera de la vigueur de la droite nationale, malgré le meurtre de Le Pen... Oui, mais en même temps, mettent en avant certains orateurs — parfois les mêmes —, l'argument de respectabilité et d'image dans l'opinion doit être le plus fort. « Ne jetons pas le bébé avec l'eau sale du bain », insiste Jean-Claude Martinez.

L'idée du « feu vert clignotant » est donc finalement repoussée. On peut en venir à l'ordre du jour.

Sur les obsèques de « Jean-Marie », le rapport est présenté par Stirbois et par Bernard Anthony (plus connu dans les milieux intégristes sous le nom de Romain Marie). Côté politique, il est maintenant acquis que Chirac et Barre viendront personnellement. Il y aura un représentant de l'Élysée, probablement le chef de cabinet du Président (ici, Stirbois se trompe ; c'est le *directeur* de cabinet du Président de la République, Jean-Claude Colliard, qui a été désigné). Les groupes parlementaires — sauf le P.C. « qui boycotte » — seront représentés par leurs présidents ou un vice-président, « y compris les socialistes », précise Stirbois.

« Très bien ! », approuve, très satisfait, Bruno Mégret.

Côté religieux, tout est prêt pour une superbe messe en latin. Romain Marie fait état de la collaboration active de toute l'équipe de Mgr Lefebvre. Bref, dit-il, « ça aura de la gueule ». Une brève discussion — qui n'est pas sans rappeler la précédente — porte sur le style même à donner aux obsèques : doit-on accepter une dose de participation « militante » à la cérémonie, une apparition en force du Front national, qui tente un moment Jean-Pierre Stirbois — ou doit-on privilégier absolument la grandeur, le calme dans la dignité, la solennité ? Cette solution est en définitive adoptée à l'unanimité.

On passe, enfin, à la présidentielle. Chacun retient son souffle : depuis le début de la réunion, tous attendaient ce moment. Stirbois attaque en force :

« Je ne vais pas y aller par quatre chemins. Ces présidentielles nous posent désormais deux questions : Jean-Marie disparu, doit-on être présent dans la bataille ? Dans l'affirmative, qui doit porter nos couleurs ? A la première question, je réponds oui. Pas question de démissionner, de capituler devant les assassins. Il faut reprendre le flambeau, et foncer. A la deuxième question, je réponds tout simplement : moi, Stirbois ! parce que je suis le secrétaire général du Front, parce que je suis parmi nous le plus connu dans les médias, et parce que je suis le seul qui puisse, dans le temps qui nous reste, mobiliser nos réseaux. Bref, ma candidature me paraît naturelle, je ne pense pas d'ailleurs qu'elle suscite beaucoup de désaccords entre nous, et je vous propose ce soir d'en décider... »

A peine a-t-il fini de prononcer ces derniers mots, qu'un léger brouhaha envahit la salle enfumée. Des mains se lèvent pour demander la parole.

Le plus prompt a été Dominique Chaboche : « Je crois, commence-t-il, qu'il y a une question préalable à poser. Est-ce que nous avons intérêt à une candidature apparaissant, étroitement, comme celle du Front, ou bien faut-il mettre sur pied une candidature de rassemblement de la vraie droite française, commune par exemple au F.N. et au C.N.I., quitte à ne pas choisir le candidat dans nos rangs ? »

Le brouhaha s'est épaissi, on ne s'entend plus parler. Tandis que les quolibets fusent, au milieu de la rumeur, Holeindre s'écrie : « N'importe quoi, c'est vraiment n'importe quoi ! Des propos pareils sont inadmissibles... »

C'est alors que Bruno Mégret élève la voix et, selon lui, le débat : « Je suis d'accord avec Jean-Pierre. Il faut que nous ayons un candidat qui reprenne, au nom du Front, le flambeau de la bataille de Jean-Marie. Mais il faut quelqu'un qui lui soit fidèle. Ne faisons pas comme si nous n'avions rien appris et tout oublié de ce qui s'est passé entre nous ces derniers mois. Puisque personne ne l'a rappelé, je vais le faire moi-même : ce n'est tout de même pas Jean-Pierre que Jean-Marie avait désigné comme directeur de campagne, c'est moi, nom d'un petit bonhomme ! Ce n'est pas la conception sectaire du parti que Jean-Marie avait choisie, c'était celle d'une campagne ouverte, populaire, une campagne de rassemblement, qui permette que s'exprime dans ce pays tout le peuple de droite, et de construire une force puissante, en dépassant l'esprit de boutique et en exploitant à fond les problèmes qui traversent en ce moment la société française tout entière : immigration, sécurité, SIDA... ».

Stirbois, Holeindre, Gaucher et Jalkh ne se contentent pas de faire des signes de dénégation. Ils protestent énergiquement, de la voix et du geste. Il n'y a somme toute que treize personnes dans la salle, mais le vacarme est devenu assourdissant, Gollnish, Martinez et Yann Piat applaudissent Mégret à tout rompre.

Il faut quelques minutes pour qu'un semblant de calme réapparaisse, exploité par Michel Collinot, qui constate : « Visiblement, compte tenu de l'heure qu'il est et du rendez-vous pour la “ photo de famille ”, où nous devons montrer notre unité et notre détermination, comme l'a dit Jean-Pierre, nous n'arriverons pas à désigner un candidat ce soir. Le mieux est de ne rien dire à la presse pour le moment, et de continuer à discuter demain... »

Chacun se range à cette proposition d'attente, et le trésorier Beackeroot ajoute : « Quand on aura un candidat, il faudra aussi qu'on cause fric sérieusement, vu qu'il va falloir attendre aussi le règlement de la succession de Jean-Marie... » Décidément, encore un problème d'héritage Le Pen — se dit *in petto* Martinez...

Lundi, 20 h 20, hôtel Matignon

Jacques Chirac a décroché le combiné téléphonique, et rectifié inconsciemment la position de son corps, comme pour s'incliner en répondant.

« Ah, bonsoir, monsieur le Président...

— Bonsoir, monsieur le Premier ministre, fait Mitterrand au bout du fil. Je viens de voir votre déclaration à la télévision, et je tenais à vous féliciter. Je la trouve très bien venue...

— Merci, monsieur le...

— Bien évidemment, je ne me prononce pas sur la partie la plus politique de votre texte. N'est-ce pas, je n'ai pas de conseils à vous donner en pleine campagne présidentielle... Même si j'ai l'impression que votre pêche aux voix lepénistes est un peu voyante ! Je croyais pourtant que nous étions persuadés l'un et l'autre que le premier tour se gagnera au centre... Enfin, encore une fois, ce n'est pas mon problème. Mais, pour ce qui est de la réaction du Premier ministre, je la trouve très digne, très ferme, remarquable en tous points...

— Merci, monsieur le Président. Je pensais que, de votre côté, vous enregistreriez quelque chose pour la télévision...

— Ah ? Non, non... Ce que vous avez fait est très bien et très suffisant comme réaction pour exprimer l'ensemble de notre ligne d'action. Allez, je vous laisse. Bonsoir, monsieur le Premier ministre... »

Jacques Chirac — qui en a vu, et entendu, d'autres — est tout de même abasourdi. Il se demande s'il ne rêve pas : « notre ligne d'action », lui a tranquillement dit Mitterrand. En pleine campagne présidentielle !

Lundi, 20 h 25, place Bauveau

Reboul sort de chez Pasqua, à qui il vient de rendre compte des premiers résultats de l'enquête. Le ministre est visiblement resté perplexe devant l'idée d'une double piste. Il imagine mal que Mourousi comme Le Pen aurait pu être visé par la machine infernale.

Le commissaire a laissé quartier libre, pour la soirée, à Chantal Dupuis, qui avait l'air de tenir à son dîner... Il va repasser à son bureau, et dresser encore, mais cette fois sur le papier, sa double liste de suspects possibles : hommes politiques sur une colonne, personnages de la télévision sur l'autre.

3

EFFETS SPÉCIAUX

Mardi, 8 h 45, hôtel Plaza Athénée, avenue Montaigne, Paris (8e)

Souriante et détendue, Chantal Dupuis est accueillie à une table de petit déjeuner par Jean-Pierre Elkabbach. Il n'a pas tellement changé, se dit-elle, depuis qu'il a quitté la télévision. Quelques années de plus, bien sûr, et un peu de calvitie. Veste noire, longue écharpe blanche maintenue sur les épaules malgré le chauffage, sourire enjôleur, gestes attentifs, il remercie l'inspecteur principal de le rejoindre ici :

« J'ai pensé que ce serait plus agréable que dans un bureau. Surtout quand j'ai appris que vous étiez une jeune femme intelligente et ravissante... »

Chantal sourit, minaude, en vient à son enquête. Elle lui a affirmé au téléphone qu'elle faisait pour la P.J. une étude du milieu de la télévision, pour éclairer l'arrière-plan — le « background » comme on dit dans le jargon journalistique — du meurtre de la veille. Elle amène donc Elkabbach sur le terrain du remplacement éventuel de Mourousi, et sur les entretiens qu'il a eus à ce sujet avec Bouygues.

« C'est déjà de l'histoire ancienne, affirme le journaliste. Vous savez, je n'étais pas intéressé du tout par ce job. J'ai dépassé cela, maintenant. Mais je n'allais pas refuser de rencontrer M. Bouygues ! Je suis donc allé bavarder avec lui, ça a du reste été très agréable. Je l'ai félicité d'avoir diffusé *Shoah,* alors qu'Hervé Bourges avait honteusement censuré ce film remarquable. Voilà... Et vous, dites-moi, est-ce que vous aimez ce que nous essayons de faire, à Europe ?

— Beaucoup, l'assure-t-elle. Mais si nous revenions, juste un moment, sur les affaires de TF1...

— Ah, TF1 ! Vous savez , Chantal — vous permettez que je vous appelle Chantal ? —, la télévision est malade dans ce pays. Malade du pouvoir, malade de la mégalomanie de quelques-uns, malade du manque de professionnalisme...

— Certes, mais...

— On aurait pu penser que la privatisation aiderait à changer les choses... A terme, d'ailleurs, la concurrence provoquera un vrai changement des états d'esprit. Mais nous avons un tel retard, un tel passif ! Il faudra au moins trois ou quatre ans... D'ici là, les gens comme moi n'ont pas leur place dans cette télévision de la dérision, de la facilité et de la docilité...

— Pourtant, Francis Bouygues a tenu à vous voir à propos du journal télévisé de 13 heures sur sa chaîne ?

— Bien sûr, reprend Elkabbach. Bouygues et tous les autres. Mais je vais vous révéler un scoop : on ne m'a rien proposé de concret à la télévision. Ni Bouygues, ni personne. Depuis mars 1986, on prononce mon nom pour tous les postes, sur les chaînes publiques comme sur les chaînes privées : on me voit P.-D.G., directeur général, directeur d'antenne, directeur de l'information, directeur des programmes, sur la une, la deux, la trois, la quatre, la cinq, la six, la sept, la huit... ! Je ne suis pas dupe : c'est normal qu'on cite mon nom, je suis comme on dit maintenant “ incontournable ” dans l'audiovisuel. Ma réputation à moi n'est pas fondée sur du vent, ou sur des relations, mais sur un vrai travail professionnel, une recherche, une démarche intellectuelle et morale. Donc, on parle de moi et on me rencontre. Mais je sais bien que dans la conjoncture actuelle, on n'aura pas recours à moi. Je dérange trop, je suis trop différent, trop indépendant. On se méfie de moi. On préfère des gens, comment dire, plus... malléables. Mon heure n'est pas venue, pour la nouvelle télévision. Je finis même parfois par me demander si elle viendra jamais...

— Oh, je suis sûre que si... Quelqu'un de votre talent... s'entend dire Chantal, qui voit le plaisir se peindre sur le visage de son hôte. Excusez-moi de vous ramener à des choses tout à fait terre à terre, mais c'est la routine des enquêtes policières... Je dois vous demander ce que vous faisiez, hier, entre 13 heures et 13 h 30 ?

— Vous n'allez pas me dire que je suis sur la liste des suspects du meurtre de Le Pen ? s'exclame Elkabbach, en souriant mais en affectant de prendre un air vaguement inquiet. Ce n'est pas que je le portais dans mon cœur — c'est de renommée publique, et d'ailleurs c'était complètement réciproque, surtout depuis le procès que j'avais gagné contre lui. Mais je ne suis pas de ceux qui considèrent le meurtre comme une dimension admissible de l'action politique... Vous connaissez mon attachement aux Droits de l'Homme...

— Bien sûr. Mais, insiste Chantal, c'est la routine. Je recueille systématiquement l'emploi du temps de certaines personnalités, et donc de vous-même...

— Oui, je comprends. Ce qui me navre, dans votre question, c'est que vous n'avez pas tellement l'air de vous intéresser à ce que nous faisons, à Europe 1. Il se trouve, Chantal, que depuis hier précisément, je présente le journal de 13 heures !

— Ah bon... Excusez-moi... Vous présentez le 13 heures ! Je croyais que vous étiez directeur de la station, et que vous aviez gardé en plus le matin, parce que les auditeurs de radio sont très nombreux à écouter avant d'aller au travail. Mais je ne pensais pas, je ne savais pas que maintenant vous aviez préféré présenter le journal de la mi-journée...

— Je n'ai pas préféré. C'est qu'on ne peut plus compter sur personne ! Je présente donc désormais tous les jours le 7 heures, le 8 heures, le 13 heures, et la tranche 18-20 heures, en plus de la direction de l'antenne. Je suis forcé de tout faire moi-même... »

Mardi, 9 heures, le « journal » de Jean Duchateau

Tout fut admirable, hier soir. Chantal fut charmante et parla abondamment de l'enquête Le Pen. Elle rit beaucoup, découvrant ses dents, qu'elle a ravissantes. Et trouva tout naturel de se retrouver chez moi pour la nuit. Elle m'a quitté tôt ce matin — tôt pour moi — pour aller petit-déjeuner avec Elkabbach. Cette institution nouvelle et systématique du petit déjeuner devient agaçante. L'américanisation de notre société, décidément...

Chantal m'a fait part de l'hypothèse saugrenue selon laquelle c'était, peut-être, Yves Mourousi qui était visé hier. Pourquoi s'en prendre à ce pauvre Mourousi ? S'il est un garçon charmant dans Paris, c'est bien lui. Je le connais depuis plus de vingt ans, depuis France-Inter. On peut être énervé par son bafouillis. On peut regretter qu'il ne travaille pas plus, qu'il ne prépare pas plus ses émissions — à l'instar d'un Elkabbach, précisément. On peut discuter de son côté touche-à-tout, Monsieur moto, bonimenteur de foire et animateur de festivals ringards. On peut ne pas être convaincu par son numéro de frais converti au mariage et à la paternité. Mais comment ne pas céder à la sympathie et au charme de l'homme, comment ne pas reconnaître le talent qu'il a de séduire un auditoire aussi bien que les stars ? Comment ne pas voir surtout, à la télévision, cette qualité extraordinaire et inexplicable : c'est lorsqu'ils dialoguent avec lui que les journalistes de TF1 sont les meilleurs, les plus décontractés, les plus agréables à suivre. Mourousi sait créer un climat, il sait donner envie aux gens d'être simples et convaincants. N'aurait-il fait que cela, à la télévision, il mériterait l'estime de la profession : au lieu de quoi, ce milieu le jalouse et s'en irrite, d'après ce que je vois. Chantal a évoqué une idée plus absurde encore : celle d'une tentative de suicide « show-biz » de Mourousi, devant les caméras. Il faudra que j'en parle à Alain Trampoglieri, l'un des rois des relations publiques : Mourousi n'aurait pas monté cela sans lui ! De toute façon, l'hypothèse ne mérite guère qu'on s'y arrête. Yves a encore trop à attendre de la vie...

Je vais maintenant arrêter ce journal, pour me remettre à la rédaction de Meurtre à TF1. *Je m'interromprai tout à l'heure, pour aller déjeuner avec Jacques Attali : cela pourrait d'ailleurs m'être utile, car il s'est toujours beaucoup intéressé aux médias, quoi qu'il en dise. Il y a une heure, au téléphone, alors que nous confirmions notre rendez-vous, il m'a dit être persuadé que je suis Jean Duchateau. Il m'a expliqué sa conviction fort drôlement :* « Meurtre à l'Élysée *a été écrit par quelqu'un qui connaît bien la maison. Mais ce n'est pas quelqu'un de la maison : l'auteur est quelqu'un qui m'aime bien. Or, dans cette maison, personne ne m'aime !* »

Mardi, 9 h 30, salle des conférences, rue Cognacq-Jay

Chantal retrouve Reboul. L'un et l'autre ont reçu les rapports des inspecteurs chargés de vérifier les emplois du temps des présents au studio ou en régie 4 au moment du meurtre.

Côté techniciens et machinistes, il reste trois noms sur la liste. Trois personnes qui ont pu, matériellement, être devant le câble à l'heure fatidique : Jacques Paillet, Marc Combes et Jean-Paul Lestiac. On n'a pour le moment rien trouvé de spécial sur eux, mais ils sont soumis à une filature constante et à une enquête poussée. Pour eux comme pour les autres catégories de suspects, le juge a autorisé la pose d'écoutes téléphoniques permanentes.

Côté hommes politiques, Reboul et Dupuis sont maintenant en possession d'une première série d'alibis. A l'heure du crime, Bernard Stasi déjeunait, à Reims, avec plusieurs producteurs de Champagne. Objet du déjeuner : drainer de l'argent pour la campagne présidentielle de Raymond Barre. Le secrétariat de Jacques Toubon avait rappelé TF1 pour prévenir qu'en fait il ne viendrait pas à Cognacq-Jay de la journée. Effectivement, il était, pendant tout le lundi, à Strasbourg, pour préparer la série de meetings — qui s'annoncent triomphaux, paraît-il — du candidat Chirac en Alsace.

Charles Fiterman déjeunait à Prague, avec deux membres du Bureau politique du Parti Communiste Tchécoslovaque. Claude Évin — le chef de l'état-major « rocardien » — est passé dans le début de la matinée à TF1, où il a rencontré deux journalistes du service politique, puis il a pris un avion privé (décollage effectif : 11 h 20), pour organiser la tournée de son « patron » dans la ville rose. « Ces quatre-là sont hors de cause, en ce qui concerne leur possible participation personnelle à l'attentat », conclut Chantal.

Restent six personnalités du monde politique qui semblent avoir pu être présentes en studio au moment fatal, et pour lesquelles des vérifications supplémentaires s'imposent : Michel Noir (RPR), le ministre du Commerce extérieur, Alain Madelin (UDF), le ministre de l'Industrie, Jack Ralite, l'ancien ministre communiste de la Santé, Joseph Franceschi, ancien ministre socialiste du troisième âge et le maître des requêtes au Conseil d'État, Maurice Benassayag, ces deux derniers de l'entourage de François Mitterrand ; enfin Guy Carcassonne, le responsable de la communication de Michel Rocard.

Côté journalistes et personnalités de la télévision, Reboul et Dupuis établissent deux listes distinctes. Celle de journalistes qui participaient au journal de 13 heures de la veille, et qui étaient semble-t-il encore là entre 13 h 18 et 13 h 22. Elle comprend cinq noms : Arlette Chabot (du service de politique intérieure), Dominique Bromberger (du service de politique étrangère), Michel Chevalet (le spécialiste scientifique), André Thérond (le chroniqueur hippique) et Pierre Geraud (le rédacteur en chef du « 13 heures ») — auxquels s'ajoutent toujours les quatre « invités » de l'émission d'Yves Mourousi.

La seconde liste est celle des « vedettes » citées par Patrick Le Lay comme possibles successeurs d'Yves Mourousi en cas de « disparition » de celui-ci, et qui pourraient avoir été là pendant l'heure du crime.

On a déjà établi et vérifié les alibis de certains. Par exemple, Marie-Laure Augry n'a pas quitté sa place en studio et n'aurait donc pas pu placer le déclencheur. Jean Offredo déjeunait, boulevard Malesherbes, avec

Michel Houssin, le P.-D.G. des Publications de *la Vie catholique*. Jacqueline Alexandre se restaurait, elle, avec le journaliste Bernard Langlois. Enfin, Noël Mamère était, de son côté, attablé avec l'éditeur Alain Moreau et le producteur de cinéma et de télévision Jean-François Lepetit, célèbre depuis qu'il a produit *Trois hommes et un couffin* — cependant que Jean-Pierre Elkabbach était, on le sait, à l'antenne sur Europe 1.

Restent donc sans alibi pour l'instant — sans qu'on sache encore, pour certains, s'ils étaient dans l'immeuble de Cognacq-Jay ou pas — outre Dominique Bromberger, déjà cité dans la liste précédente : Anne Sinclair, Bruno Masure et Michel Drucker.

« Bon, refaisons les comptes, résume Reboul. Demeurent en piste : trois techniciens, six hommes politiques, et neuf plus trois : douze journalistes. Ce qui nous fait au total vingt et un suspects. Pasqua va trouver ça énorme, mais c'est quand même mieux que deux ou trois mille, comme on pouvait le craindre au début, en voyant quel moulin à vent est Cognacq-Jay... »

Mardi, 9 h 30, héliport d'Issy-les-Moulineaux

Patrick Le Lay a beau jouer les blasés, il est bien forcé d'admirer Francis Bouygues. Son « patron » vient d'avoir une idée de génie. Puisque ce meurtre en direct est une sale affaire pour la chaîne, et que les animateurs de TF1 risquent de tomber dans le spleen et la mélancolie, il faut les « regonfler », les valoriser, leur redonner un esprit d'équipe, les dynamiser en un mot, comme on dit dans l'entreprise.

Pour ce faire, Bouygues a pensé — c'est là que l'idée devient « géniale » — à organiser, toutes affaires cessantes, une réunion des cadres principaux de la chaîne, non pas à Montparnasse, moins encore à Cognacq-Jay, mais dans les locaux du siège du groupe Bouygues, à Guyancourt. Ainsi affermira-t-on en même temps l'esprit de chaîne et le sentiment d'appartenance au groupe. Ainsi dans un cadre somptueux montrera-t-on à tous qu'on peut être fier — malgré les lamentables péripéties survenues dans le village Cognacq-Jay — d'appartenir à une planète-phare de l'univers. Ainsi l'empereur Francis 1er recevra-t-il ses barons — ses petits marquis, corrige mentalement Le Lay — en son palais.

Le Lay les regarde, les uns et les autres, dans la salle d'attente de l'héliport, avant que soient prêts pour le décollage les deux hélicoptères loués pour la circonstance. Il sait qu'il y a encore quelques « fortes têtes », parmi la quinzaine de présents, quelques manieurs d'ironie systématiques. Il imagine bien que deux ou trois d'entre eux doivent trouver l'idée de ce déplacement « grotesque » (le langage est tellement vite exagéré, chez ces gens de l'audiovisuel !). Peut-être même certains estiment-ils qu'ils avaient « plus important à faire » aujourd'hui que de tout annuler pour voir M. Bouygues : les petits prétentieux, qui viennent ensuite manger dans la main du patron pour une augmentation de salaire !

Mais Le Lay voit bien aussi se peindre, sur les visages de ces Breugnot, Mougeotte, Cotta, Cantien, Ockrent, Poivre, Sabatier, la satisfaction d'être conviés à une réunion au sommet, le plaisir de se retrouver à attendre l'hélicoptère en cette belle matinée. La fierté en un mot d'être partie prenante à l'aventure d'un groupe entreprenant et audacieux. Même Marcel Jullian est là, qui vient de reprendre ce matin sa huitième démission... Même Pierre Wiehn, consultant extérieur pour la programmation. Même Christian Dutoit, que Bouygues a invité à sortir du placard doré où il l'a mis lui-même...

Tout à l'heure encore, dans le parc, devant les admirables statues, ces amours de pierre et de bronze qui traduisent si bien le goût discret et sûr de Francis Bouygues, Le Lay verra, il en est certain, briller la petite lueur de l'admiration dans les yeux des uns et des autres. Et à nouveau dans ce hall sublime, cette véritable cathédrale de béton et de marbre où les attendra, superbe, le « Président ». Tout comme dans cette salle de réunions magnifique, fonctionnelle et moderne, où tout aura été prévu pour l'harmonie et l'efficacité de leur *briefing*.

Mardi, 10 h 30, au ministère du Commerce extérieur, quai Branly, Paris (7e)

« Monsieur le Ministre vous reçoit tout de suite », annonce l'huissier à Reboul en le faisant s'asseoir dans l'antichambre. En effet, cinq minutes plus tard à peine, le commissaire se trouve devant Michel Noir, grand garçon dégingandé à l'allure sympathique et sportive, qui lui tend la main en souriant.

« Alors, commissaire, sale affaire, hein ? Mon collègue Pasqua m'a fait savoir que vous souhaitiez me voir, informellement, dans le cadre de vos recherches. Cela m'a paru tout naturel, puisque j'étais sur place, à TF1, hier. Nous nous sommes d'ailleurs rencontrés, n'est-ce pas, dans le bureau de Michèle Cotta ? Mais j'aime autant vous prévenir : je n'ai vraiment rien à vous apprendre. Je n'ai rien vu de spécial... »

Le ministre installe son visiteur, dans un fauteuil faisant face à son bureau, et prend lui-même place à ses côtés. Il lui explique que, la veille, il était venu à TF1, non seulement pour régler quelques menus détails de relations avec la chaîne, dans le cadre de la campagne Chirac, mais aussi pour répliquer éventuellement, de manière impromptue, aux propos qu'aurait pu tenir Le Pen. Son collègue Madelin avait accepté le même principe, de sorte que les deux principales familles de la majorité auraient pu directement répondre aux affirmations de Le Pen dans l'émission — « et sans doute à ses provocations », précise Michel Noir.

« C'est vrai qu'en vous choisissant, l'équipe Chirac n'envoyait pas son porte-parole le plus tendre pour M. Le Pen, remarque Reboul.

— Comme vous dites ! reconnaît le ministre en riant. Mais ne vous y trompez pas, je crois que, maintenant, la campagne est sur de bons rails, et qu'il n'y a plus de risques de dérapage... Il y a quelques mois, quelques semaines encore, les chiraquiens n'étaient pas absolument unanimes sur la réponse à apporter à Le Pen, sur la manière de l'accommoder, si vous préférez. Il est vrai qu'à un moment, j'ai dû me mettre un peu en pointe, pour dire « non » plus fort que les autres. Je pensais qu'il fallait donner un coup d'arrêt à la tentation de considérer Le Pen et le Front national comme un possible partenaire parmi d'autres. J'ai voulu signifier que, par nature, l'extrême-droite était aux antipodes de ce que nous représentons. Vous remarquerez d'ailleurs que j'ai été immédiatement suivi par plusieurs collègues éminents — y compris des barristes ! — puis par l'ensemble du gouvernement...

— Avec tout de même une forte résistance du côté de Matignon, fait observer Reboul.

— " Résistance " n'est pas le mot que j'aurais employé ! rétorque Noir en riant à nouveau. Disons, c'est vrai, que Jacques Chirac, par sa position même de candidat à l'élection présidentielle, doit accorder plus de place dans ses analyses aux pesanteurs électorales... Mais je vous assure, les choses sont claires désormais et nous sommes tout à fait sur la même longueur d'ondes...

— Pourtant — insiste encore Reboul, au risque de sortir tout à fait de son rôle — l'intervention du Premier ministre, hier soir, à la télévision, pouvait paraître un peu ambiguë...

— Tout à fait, vous avez raison, concède Noir. Mais il faut tenir compte des circonstances. Nous étions au soir même de la mort de Le Pen, Chirac devait bien marquer le coup, et aller une dernière fois à la pêche aux voix de ce côté-là...

— Une dernière fois ?

— Eh bien oui ! En toute hypothèse, maintenant, je pense que ce ne sera plus la peine. Quel que soit le candidat que l'extrême-droite se donnera pour succéder à Le Pen, il n'aura pas sa personnalité charismatique... »

« Personnalité charismatique », le mot étrange fait sourire intérieurement Reboul, qui se remémore les débuts de Noir comme expert en marketing politique.

« Il n'aura pas sa force d'attraction sur notre électorat, reprend le ministre. Je crois donc que nous sommes sortis, sur ce point, de la zone des tempêtes...

— Vous voulez dire, susurre Reboul, que de ce point de vue, la disparition de Le Pen arrange bien les choses !

— Elle règle même carrément le problème, mon vieux ! », s'exclame le ministre, décidément convivial.

Le commissaire sort alors, distraitement, quelques feuilles de papier de son porte-documents, fait mine d'en parcourir une, et interroge son interlocuteur.

« Excusez-moi, c'est un détail, mais je dois tout vérifier...

— Mais allez-y, allez-y !

— N'êtes-vous pas l'animateur d'une tendance, d'une... d'une association informelle anti-Le Pen ?

— Ah vous êtes au courant de cette histoire ? Mais... la police n'est pas si mal faite, dites-moi ! Comme vous en savez sans doute un peu plus long que vous ne me le dites, laissez-moi vous résumer de quoi il s'agit — ou de quoi il s'agissait, car je pense que désormais, cela va être obsolète. » — « Obsolète », ça c'est le vocabulaire du ministre du Commerce extérieur, se dit Reboul. — « Voilà... poursuit Michel Noir. Un certain nombre de gens, dans la mouvance R.P.R. ou chez les U.D.F., ne peuvent pas piffer Le Pen...

— Et certains sont menacés électoralement par la montée du Front national ?

— Ha... ha ! Je reconnais que cela aide aux prises de conscience ! Cela a en tout cas aidé à constituer un bon ciment pour notre petit groupe de pression. Notre idée a donc été de nous rencontrer assez régulièrement pour voir comment riposter aux progrès de l'extrême-droite, qui s'insinue jusque dans les têtes de nos propres amis. Nous voulions aussi empêcher qu'à cause de l'extrême-droite, le gouvernement ou la majorité parlementaire n'envisagent sérieusement de revenir sur des dispositions existantes qui sont par ailleurs satisfaisantes...

— Là, excusez-moi, monsieur le ministre, c'est un peu obscur pour moi...

— Eh bien commissaire, prenons un exemple. Nous vivons avec une loi électorale municipale que mes amis et moi-même jugeons excellente. Elle permet tout à la fois de dégager, dans chaque ville, une claire majorité de gestion, et d'organiser l'accès de la minorité aux délibérations du conseil municipal. Or avec cette loi, un certain nombre de nos amis politiques risquent de se trouver en difficulté, à cause des voix du Front national...

— Oui. Et ?...

— Eh bien, l'idée qui a germé, à Matignon et place Bauveau, serait de revenir sur cette loi municipale, pour réinstaurer un système purement majoritaire, qui nous permettrait de gouverner nos villes sans plus avoir à nous préoccuper de l'extrême-droite ! Or, dans notre petit groupe, nous pensons qu'il faut contrer le Front national *politiquement,* et pas par des astuces électorales détournées. Comme nous sommes par ailleurs favorables à la loi municipale actuelle, nous faisons notre petite action de couloirs, notre petit *lobbying* à nous pour essayer d'empêcher cette modification. (*Lobbying,* ça c'est le mot de l'admirateur du système américain ! note Reboul au passage.) Voilà un exemple...

— Je comprends... Et quels sont les membres de votre groupe ?

— Là, commissaire, répond un peu vivement le ministre, je pense franchement que vous excédez les limites de votre enquête policière... Je ne vois pas très bien le rapport avec l'assassinat de Le Pen...

— Oui, excusez-moi, monsieur le ministre. Je me laissais emporter par l'intérêt de notre conversation...

— Ah, d'accord, d'accord, commissaire ! fait Noir, redevenu conciliant. En tout cas, conclut-il en riant, Jean-Claude Gaudin ne fait pas partie de notre association ! Et ce cher Raymond Barre non plus ! »

Mardi, 10 h 30, pavillon Gabriel

Chantal Dupuis est venue « interviewer » Michel Drucker, comme elle dit maintenant qu'elle fréquente la télévision. Elle le trouve plus charmant et moins apprêté au naturel qu'à l'écran. A vrai dire, elle lui trouve même l'allure d'un petit garçon craintif. Elle lui ressort le numéro qu'elle a servi à Elkabbach, tout à l'heure. Drucker se prête, de bonne grâce, à ses questions.

« Tous ces présidents, lui explique-t-il, se croient originaux en voulant me faire présenter un journal télévisé. Mais les cinq ou six derniers — il y en a eu tellement ici, quand on aime on ne compte plus ! — me l'avaient tous déjà proposé...

— Ah... Et cela ne vous tente pas ? s'étonne Chantal.

— Franchement non, pas pour le moment. Je fais une des plus grosses émissions de variétés d'Europe, dans des conditions d'indépendance presque absolue (Chantal apprécie le « presque », et s'abstient courtoisement de le relever). J'ai encore des choses à prouver dans ce domaine. Je ne dis pas que je vais rester toute ma vie sur Antenne 2. Les propositions des autres chaînes, dans le domaine des variétés, restent très alléchantes. J'envisage de renouveler le genre complètement, pour lui conférer à nouveau un aspect plus " journalistique ", précisément, pour que les variétés soient moins soumises à l'actualité des maisons de disques et des organisateurs de spectacles. Il est donc possible que je change. Mais le journal télévisé, voyez-vous, c'est sans doute un peu trop tôt pour moi...

— Trop tôt ?

— Mais oui. Si un journal télévisé finissait par m'intéresser, ça ne serait pas un " 13 heures ", ça ressemblerait trop, au fond, à ce que je sais déjà faire. Tant qu'à faire le saut — avec le sacrifice financier que cela représente — je préférerais présenter, animer au sens étymologique du mot, c'est-à-dire donner une âme, à un " 20 heures ", à la grand-messe du soir. Et pour cela, je crois qu'il faut avoir de la " bouteille ". Je crois qu'on a tort de rajeunir sans cesse l'âge des présentateurs. Les téléspectateurs ont besoin d'avoir confiance dans celui qui leur parle, ils ont besoin de quelqu'un de compétent et de rassurant, de quelqu'un qui a vécu. Passer directement de ce que je fais au " 20 heures " ne serait pas crédible...

— Pourtant, vous n'avez pas refusé la proposition de Francis Bouygues ? objecte Chantal.

— Alors, là, ma petite dame — s'exclame gentiment Drucker — vous êtes mal renseignée ! Contrôlez auprès de lui si vous le souhaitez : je l'ai remercié d'avoir pensé à moi pour ce boulot, mais je lui ai dit " non " tout de suite ; et ce n'est pas l'étroitesse d'esprit des dirigeants actuels de TF1 qui va me donner des regrets !

— Comment ça ? demande Chantal, surprise de voir les traits de Michel Drucker se durcir, sous l'emprise d'une colère qu'il ne contient qu'avec difficulté.

— Pensez que Mougeotte et Le Lay n'ont pas hésité à m'interdire d'antenne, lorsque j'ai publié mon dernier livre. Le Lay a même eu le culot de me le confirmer par écrit. Tout ça parce que je travaille sur une chaîne concurrente et que j'enfonce les audiences de leurs émissions de variétés. Vous ne trouvez pas ça lamentable ?

— Mmm », admet Chantal, qui emprunte à Reboul cette approbation peu compromettante.

Mardi, 11 h 20, quai Branly

La voiture du commissaire Reboul roule vers TF1. La sonnerie du téléphone l'arrache à ses pensées. C'est son collègue Langoiran :

— « Eugène, salut ! Je te cherche depuis tout à l'heure... Je voulais te dire à propos du déclencheur électronique de ta fameuse machine infernale. C'est un engin japonais, de marque Mishiba. Et tiens-toi bien c'est un modèle extrêmement récent. A notre connaissance pas même encore commercialisé en France...

— Des empreintes ?

— Tu rigoles... Non, mon vieux. Il avait été soigneusement nettoyé. »

Mardi, 11 h 30, au ministère de l'Industrie,
rue de Grenelle, Paris (7e)

Même punition, même motif ; mais cette fois-ci, c'est Chantal Dupuis qui se trouve face à Alain Madelin.

Le ministre libéral confirme à l'inspecteur principal les raisons de sa présence dans l'émission d'Yves Mourousi.

« Ce n'était pas un cadeau, explique-t-il, que la

perspective d'être coincé entre la démagogie de Le Pen et celle, inverse, de mon excellent ami et collègue Michel Noir ! »

Pour le reste, rien de bien nouveau dans l'interrogatoire informel du ministre de l'Industrie. Il a, visiblement, l'air agacé de devoir perdre un peu de son temps précieux avec de telles balivernes. Quant à la mort de Le Pen...

« Bien sûr, c'est horrible. Ce sont des mœurs d'un autre âge. Un libéral ne peut que réprouver absolument ce type de méthodes. Mais, même si c'est affreux à reconnaître, il faut avouer que cette disparition ôte une sacrée épine du pied à la droite française...

— Même aux " libéraux "? demande Chantal, innocemment.

— Même aux libéraux ! Enfin, pas à nous les dirigeants bien sûr... Mais il faut voir où en sont nos électeurs ! Il nous taillait des croupières, le diable, et ça devenait plus que gênant... Vous imaginez, en plus, Barre élu au second tour contre les socialistes, grâce aux voix de Le Pen, ce n'était pas la meilleure façon d'installer un nouvel axe central, modéré, libéral et progressiste, dans la société politique française ! Non, non... c'est vrai que sa disparition n'est pas une si mauvaise affaire... »

Mardi, 11 h 30, rue Cognacq-Jay

« Ça fait bizarre d'être convoqué en salle de réunion pour répondre à une enquête de police », constate Bruno Masure, tout bronzage et tout sourire dehors, en serrant la main du commissaire Reboul.

Après quelques banalités en guise d'introduction, celui-ci en vient à l'hypothèse de la succession d'Yves Mourousi et aux contacts engagés à ce propos par Francis Bouygues.

« J'avais réservé ma réponse, précise le journaliste. Quant on présente le " 20 heures " trois jours sur sept, qu'on croule par ailleurs sous les propositions, est-ce que ça vaut le coup de passer au " 13 heures ", je vous le demande...

— Moi, je n'en sais rien — fait remarquer le commissaire. Et vous ?

— J'ai des doutes... Mais il est vrai aussi que Bouygues m'a proposé une formule du " 13 heures " totalement rénovée, avec une vraie synergie de l'info, du magazine, des jeux, des invités... Une formule à la fois plus rigoureuse que l'actuelle, mais plus variée aussi... Ce pourrait être intéressant, sur le plan professionnel...

— Sûrement... Vous étiez là, hier, pendant l'attentat ?

— Oui, je n'ai jamais rien vu d'aussi horrible...

— Vous étiez là pour travailler ?

— C'est-à-dire que, même les jours où je ne présente pas le " 20 heures ", je viens souvent " plancher " à mon bureau, ou traîner à la rédaction... On s'imprègne de ce qui se passe dans la semaine, c'est utile pour être à l'aise le vendredi. Et puis, je recueille des anecdotes pour mon prochain bouquin.

— Ah bon, vous écrivez un nouveau livre ? s'enquit Reboul, qui avait été l'un des nombreux lecteurs, il y a quelques mois, de *la Télé rend fou.*

— Oui, ça s'appellera *la Télé rend riche !*

— Sans blague ! s'amuse Reboul.

— Oui, oui ! J'en ai eu l'idée en discutant avec Robert Hersant...

— Robert Hersant, vous avez vu Robert Hersant ? s'étonne le commissaire.

— Eh oui, déjà, ça fait riche, hein ! Hersant m'a demandé de venir le voir, il y a quelques mois, avant de se rabattre sur Cubadda. » Voyant le policier intrigué, il continue : « Ça vous intéresse que je vous raconte ça ?

— Absolument !

— Bon, Hersant m'a donc téléphoné pour me proposer le " 20 heures " sur la Cinq et je suis allé le rencontrer dans son bureau. Comme je voulais que les choses soient claires, j'avais préparé ma première phrase, et je lui ai dit tout de suite : " Expliquez-moi pourquoi j'aurais intérêt à venir travailler chez un mégalomane de la presse qu'on dit fasciste, plutôt que chez un mégalomane du bâtiment qu'on dit à côté de ses pompes ? Il m'a souri, regardé de son incroyable regard bleu acier, et m'a expliqué tranquillement qu'il voulait faire de la Cinq la première grande chaîne populaire de télévision, et non pas l'équivalent-télé du *Figaro-Magazine*. Que c'était bien pour cela qu'il voulait embaucher de vrais professionnels... même s'ils étaient connus pour avoir des sympathies socialistes, comme Pierre-Luc Seguillon ou... moi ! On a donc continué à discuter...

— Mais vous n'y êtes pas allé ?

— Eh non, vous voyez ! J'ai été absolument certain que je refuserais quand, pendant cet entretien, sans avoir l'air d'y toucher, il m'a dit qu'il n'avait personnellement " pas du tout apprécié " le ton sur lequel j'avais parlé, au JT de TF1, des manifestations étudiantes de décembre 86... Cela dit, il m'a quand même parlé argent, et je dois dire que, si j'étais allé sur la Cinq, j'aurais bien mieux gagné ma vie ! C'est là que je me suis dit que j'allais faire un bouquin sur la " noria " des vedettes de télé et les salaires mirifiques qu'on nous a proposés dans cette période. Je lui en ai fait part en rigolant. Je crois même que c'est lui qui m'a suggéré comme titre *la Télé rend riche !...* »

Masure reparti, Reboul téléphone à Jean-Claude Paris — on lui a dit que Michèle Cotta participait à la réunion de Guyancourt — pour prendre des nouvelles de Mourousi : rien de nouveau, le journaliste ne peut toujours pas parler. Sa femme, en voyage à l'étranger pour la semaine, ne peut même pas être jointe.

Mardi, 11 h 45, Guyancourt

Le seigneur du bâtiment regarde son petit monde avec une satisfaction teintée d'aigreur. Massif et bourru, grosse tête sur un corps trapu, un œil plus ouvert que l'autre sur ce qui l'entoure, Francis Bouygues, qui porte ce matin son traditionnel costume pied-de-poule, a l'allure de ce qu'il est, se dit Mougeotte : un chef de P.M.E. qui a réussi au-delà de toute espérance.

Abrupt de langage, le P.-D.G. a des conceptions fort simples sur la marche d'une entreprise, qu'elle soit du bâtiment ou de télévision (quelle différence ?) : en développant l'esprit d'entreprise, le sentiment d'appartenance à l'entreprise, le patriotisme d'entreprise, un syndicat d'entreprise, on est capable d'affronter tous les « chalanges », comme il prononce.

Bouygues est content de voir ses collaborateurs de TF1 accourus au siège du groupe — même si, décidément, presque tous ces individus, ces « fortes têtes », sont bizarres, et devront être changés (dans les deux ans, se répète-t-il), par des « Bouygues boys » à l'esprit plus sain, et qui savent, eux, ce que marketing et relations sociales signifient. Dire que la plupart de ces gens de télévision, un jour comme aujourd'hui, ne portent même pas leur badge !

« Nous allons maintenant, annonce-t-il, écouter notre déléguée aux études, Catherine Grandcoin, qui va nous dire comment l'opinion publique a réagi, par rapport à l'image de la chaîne, depuis l'attentat d'hier... »

La responsable des sondages de la chaîne, choisie pour ses compétences techniques et ses qualités de compréhension du marketing moderne, s'étrangle. Elle se demande si Bouygues se moque du monde : comment savoir, ce matin, comment l'opinion réagit, en ce moment même — surtout alors qu'on lui a refusé tout crédit pour des enquêtes d'opinion rapides !

« Disons plutôt, lance-t-elle en forçant son sourire, que l'objet de mon rapport est de vous présenter les plus récentes données d'audience concernant TF1, et de les comparer à celles des autres chaînes, de manière à mieux comprendre comment nous sommes à même d'affronter la situation actuelle...

— C'est bien ce que je disais ! » l'interrompt Bouygues, décidément impérial.

Présentant force tableaux et graphiques, à l'aide d'un rétroprojecteur, la spécialiste égrène des chiffres : audience instantanée, audience cumulée, quart d'heure moyen, moyenne de la tranche 13 heures-13 h 30... Une légère somnolence a envahi la salle, Le Lay écoute d'un air distingué, Bouygues dodeline de la tête, Bochko

Givadinovitch, l'homme de la régie de publicité, prend l'air de celui qui sait tout cela par cœur. Dutoit remonte ses bretelles en toussotant, Mougeotte fait son courrier, Ockrent prend des notes, Wiehn a l'air d'approuver gravement. A un moment, tous relèvent la tête : Catherine Grandcoin traite de la « part de marché ». Personne ne sait très bien comment c'est calculé, ni ce que cela représente au juste. Mais c'est une référence miracle : il n'y a qu'un seul chiffre à retenir !

« Nous étions la semaine dernière à 40 %, commente la spécialiste des études. D'après les chiffres que vient de me communiquer *Médiamétrie* au téléphone, nous sommes montés hier à 43,5 %... » Bouygues se renverse en arrière, savourant voluptueusement le triomphe, qu'il a modeste. Les autres se regardent avec des airs entendus, pas peu fiers non plus d'être aux commandes d'une chaîne qui réussit si bien.

« Évidemment, persifle Michèle Cotta (rompant le charme inutilement, estime Le Lay), c'est difficile de tuer une personnalité politique en direct tous les jours pour gagner en parts de marché !... »

Francis Bouygues reprend la parole, pour dire de la voix puissante de ceux qui sont durs d'oreille :

« Nous sommes les meilleurs, et j'ai l'habitude partout où je passe de travailler avec les meilleurs. Dans ces conditions, il faut savoir faire de la prospective, pour être sûrs demain de rester dans le peloton des antépénultièmes...

— Euh, toussote Le Lay, le Président veut dire que nous devons avoir des projets pour rester toujours les meilleurs...

— Exactement — confirme Bouygues, toujours surpris qu'il faille traduire les termes techniques pour ces gens de la télévision. C'est pourquoi j'ai demandé à Anne Sinclair et à Étienne Mougeotte de nous faire le point aujourd'hui sur les grands projets d'émissions pour la chaîne... »

Anne Sinclair présente, la première, les cinq projets les plus novateurs et les plus avancés qui aient été élaborés à ce jour, sur le plan des émissions politiques. Elle ne cache pas — très professionnelle, très concise, très souriante — que tous posent problème, par leur novation même, et méritent discussion. Le réalisateur Serge Moati est l'auteur d'un projet d'émission intitulé « Le Ring » : deux hommes politiques s'affronteraient, en direct, sur le ring de boxe de l'Élysée-Montmartre. Un juge-arbitre — choisi, précise Michèle Cotta, au sein du service politique de TF1 — poserait une question sur un thème politique d'actualité. Les deux leaders s'affronteraient alors dans une joute oratoire, mais, après trois minutes, un gong retentirait. Chaque leader devrait alors gagner son coin, et le juge-arbitre poserait une nouvelle question, sur un autre thème. On aurait ainsi la certitude qu'aucun problème — chômage, sécurité, inflation, Europe — ne serait traité en plus de trois minutes : on ne lasserait pas le téléspectateur. « Et on pourrait passer des pubs sans problème entre deux rounds », fait remarquer Bouygues. Après quinze rounds — trois pour les amateurs — le match serait terminé, et (« c'est ce qui pose le plus problème », reconnaît Anne Sinclair) le juge-arbitre proclamerait le vainqueur de la soirée.

« On discute projet par projet, ou on fait un *package ?* » demande Christine Ockrent, qui n'hésite jamais à employer un terme anglais si l'équivalent français n'existe pas. Le président Bouygues préfère entendre tous les projets.

Le deuxième a été proposé par la journaliste Anne Gaillard et s'appelle « Le Gril ». Ici, le décor figurerait un immense grilloir à viande, qui deviendrait de plus en plus rouge au fur et à mesure du déroulement de l'émission. Un homme politique serait installé sur ce gril, face à Anne Gaillard qui lui poserait les questions les plus perverses possibles. La journaliste apprécierait elle-même le moment où l'invité politique serait « à point », et lui poserait alors la terrible question-massacre de la soirée.

Troisième proposition, troisième mise en scène : elle émane de l'unité de programmes de Pascale Breugnot et s'intitule « Les Femmes de leur vie ». Chaque émission mensuelle, diffusée dans la tranche 22-23 heures, serait consacrée à un homme politique. Elle s'ouvrirait sur de courts reportages sur « les femmes qu'a connues » l'invité du jour. Après la diffusion de ces séquences, les téléspectateurs seraient appelés à voter, par minitel, pour désigner la plus séduisante. On passerait ensuite à « celles qui veulent le connaître », avec des reportages sur des femmes ayant transmis leur candidature à TF1 pour passer « vingt-quatre heures » avec l'invité. Là encore on voterait par minitel : on élirait donc à chaque émission « la meilleure ex » et « la meilleure petite fiancée » de nos hommes politiques. « Ce qui est bien, remarque Mougeotte, c'est que ce serait très interactif. » « Et puis, ajoute Wiehn, ça humaniserait un peu l'image qu'on a de la politique. » Mais Patrick Le Lay rappelle qu'on discutera de tous les projets à la fin.

Autre idée, transmise par Yves Mourousi — à l'évocation de ce nom, un ange passe dans la salle de réunion, et l'on s'échange les dernières nouvelles sur la santé de l'ami absent (état stationnaire) —, il s'agit d'un projet baptisé « La Trappe ». Deux dirigeants seraient face à face — deux hommes politiques, mais éventuellement d'autres personnalités, l'émission n'étant pas spécifiquement politique. Leur débat serait arbitré par un jury représentatif de cent personnes, sélectionné par IPSOS, et présent dans le studio. Pendant que l'un des orateurs s'exprimerait, chaque membre du jury populaire pourrait appuyer sur un petit bouton-pressoir, placé dans le bras de son accoudoir, s'il estime la personnalité ennuyeuse ou peu convaincante. Lorsque la majorité absolue des membres du jury aurait, par hypothèse, appuyé sur le terrible bouton, une trappe s'ouvrirait sous le siège de l'homme politique, qui disparaîtrait ainsi de la vue des spectateurs. On réunirait donc les vertus du « suspense », du spectaculaire et de la démocratie (puisque les décisions seraient prises par une majorité représentative). Un grand cadran tiendrait les deux invités au courant, pendant toute l'émission, du pourcentage de jurés souhaitant sa « disparition » : de la sorte, chaque orateur, lorsqu'il se sentirait en danger, aurait la possibilité de « rectifier le tir », en se taisant ou en changeant d'argumentation.

Enfin, dernière proposition pour les émissions politiques, un projet nommé « Justifiez-vous ! » : de petits spots présenteraient à un invité politique des images de ses « gaffes », « bourdes » ou erreurs politiques. Il aurait une minute pour se justifier. L'ensemble durerait trois minutes, on en diffuserait une par semaine — une par jour en période électorale : cela permettrait d'être présent, de manière vive, efficace et drôle, sur le plan politique, sans que la politique (« qui ne fait pas des audiences intéressantes pour la pub », rappelle Mougeotte au passage) envahisse l'écran pendant un temps fastidieux.

On devrait passer à l'exposé des projets portant sur « les programmes », mais il est 13 h 15, et Cyrille Du Peloux signale qu'il est temps de passer à table...

Mardi, 13 h 15, Maison de Radio-France, studio 134

Michel Rocard est l'invité du journal de France-Inter. Il développe les thèmes qui lui sont chers dans cette élection présidentielle. Il l'a dit aux journalistes, avant d'entrer au studio, il ne tient pas à aborder longuement le meurtre de Jean-Marie Le Pen, puisque cela ne le concerne guère. Mais ses questionneurs, Gérard Denoyan surtout, ne l'entendent pas de cette oreille, qui préfèrent les péripéties de l'information brûlante aux « propositions techniques pour affronter vraiment le chômage » dont Rocard souhaite obstinément faire l'axe de son intervention du jour.

« Finalement, ce que vous condamnez le plus, c'est l'attentat lui-même ou le fait qu'il ait été commis contre Le Pen ? », demande le journaliste, en une de ces questions-sans-réponse qu'affectionnent parfois ceux qui font réagir sur les événements de l'actualité.

Rocard marque quelques secondes de silence, cherche à cacher le sentiment que lui procure la question, sourit de manière un peu crispée.

« Les deux bien sûr. La violence n'est jamais une solution acceptable. Et s'en prendre, dans une conjoncture donnée, à un élu du peuple — même, j'y insiste, s'il défend et propage des thèmes inacceptables — est tout aussi moralement inadmissible.

— Est-ce aussi simple, Michel Rocard ? intervient, de sa voix traînante, Bernard Valette. Est-ce que la violence est toujours condamnable en politique ? Et la Résistance ? Et vous-même n'avez-vous pas jadis, du temps du P.S.U., accepté dans certains cas l'idée que la violence était légitime ? Avez-vous condamné plus récemment l'attentat contre Pinochet ?

— Ne me faites pas dire ce que je n'ai jamais dit, rétorque très vite Michel Rocard. Je n'ai jamais prôné de thèses acceptant, dans un pays démocratique, la moindre dose de violence. C'est même l'une des raisons pour lesquelles j'ai toujours eu quelques petits problèmes, du temps du P.S.U. comme vous dites. Quant à la Résistance ou à Pinochet, ne confondez pas s'il vous plaît la violence irresponsable dans un pays démocratique et la riposte légitime à une violence d'État !

— Dans une situation comme celle que nous connaissons aujourd'hui, enchaîne Michel Meyer, est-ce que, tout naturellement, aux yeux de l'opinion, les gens qui exercent la réalité du pouvoir, je veux dire MM. Mitterrand et Chirac, ne bénéficient pas d'un avantage sur vous ? Est-ce qu'ils n'apparaissent pas comme des recours plus naturels en situation de crise ?

— D'abord, constate Rocard, je ne veux pas croire qu'un crime — aussi intolérable soit-il — crée à lui seul une situation de crise pour notre pays. Je crois au contraire à la capacité de notre démocratie et de nos institutions à résister sereinement et efficacement à des événements de ce genre. Quant à la capacité de certains à être des recours, ils auraient eu bien des occasions de la démontrer dans les derniers mois... »

A ces mots, les journalistes qui participent à l'émission se bousculent presque devant le micro. Leurs questions s'entremêlent à l'antenne. On entend des bribes de phrases : « Est-ce aux otages français que vous... », « à quoi pen... », « faites-vous référence à la situation de l'économie fran... ». Finalement, c'est la voix de Claude Guillaumin qui émerge :

« Lorsque vous dites cela, est-ce que vous visez plutôt François Mitterrand ou plutôt Jacques Chirac ? »

Pendant que Rocard commence à parler, son conseiller en communication, Guy Carcassonne, assis, légèrement en retrait, à ses côtés, écrit fébrilement des mots clés sur des feuilles de papier, et les pose devant lui. Mais Rocard ne les regarde pas.

« Je crois avoir employé le pluriel... Ne serait-ce que parce que, lorsqu'on parle de " recours ", on pense souvent aux personnes qui incarnent le pouvoir en général, sans faire le détail des responsabilités, de chacun... Cela dit, il me paraît aller de soi que, pendant toute la phase de " cohabitation ", depuis mars 1986, c'est le Premier ministre qui exerce la réalité quotidienne du pouvoir, et dans ces conditions, c'est lui surtout qui a insuffisamment donné l'image d'un recours possible.

— Vous-même, l'interrompt Gilbert Denoyan, vous pourriez être un homme de recours ?

— Vous savez, tranche Rocard, le recours c'est souvent celui qui est extérieur aux petits arrangements et aux mesquines combinaisons du pouvoir du moment. Pensez au général de Gaulle en 1958... »

Carcassonne, teint rose et cheveu blond, respire : son ami, son candidat s'en est une fois de plus tiré brillamment, même si, évidemment, la dernière réponse sur le recours était un peu « gonflée »... Faire carrément référence à de Gaulle...

Au moment où il va sortir du studio, le responsable de la communication de la campagne Rocard est abordé par un homme d'une quarantaine d'années, qui lui tend une carte barrée de tricolore et s'enquiert :

« Monsieur Carcassonne ? »

L'inspecteur Labrède explique, dans le couloir, au conseiller-professeur de droit, qu'il enquête sur les circonstances de l'attentat d'hier. Carcassonne a l'air un moment décontenancé puis explique qu'il n'a pas mis les pieds lundi au sixième étage de la rue Cognacq-Jay : il n'est venu que pour accompagner sa femme, Claire Brétécher, à un enregistrement, car elle est fort timide et déteste les interviews. Il donne les références du studio et des personnes rencontrées.

« Brétécher timide, se dit Labrède, le monde est mal fait ! Et puis c'est marrant, ce gars conseille Rocard, il conseille sa femme. Peut-être que pour ses cours à la Fac il a quelqu'un pour le conseiller, lui... »

Mardi, 13 h 30, au « Sancerre », avenue Rapp

Les voisins de table de Reboul et Dupuis se sont levés. Nos deux policiers peuvent, tout en dégustant leurs andouillettes, confronter leurs impressions sur l'état d'avancement de leur enquête. Reboul se sent, pour une fois, pessimiste, et c'est Chantal qui lui remonte le moral.

Bien sûr, la liste des suspects va se restreindre peu à peu, par rapport aux vingt et un de ce matin. « Vingt, maintenant, puisqu'on a rayé Drucker », corrige Chantal Dupuis. (Tout à l'heure en sortant, après avoir eu au téléphone l'inspecteur Labrède, qui lui a parlé de son entrevue avec Carcassonne, elle dira simplement à Reboul : « Dix-neuf ! ».) Il y a aussi des éléments nouveaux qui apparaissent, le déclencheur sophistiqué de chez Mishiba par exemple. Mais, plus fondamentalement, le commissaire s'interroge :

« C'est vrai que j'ai trouvé Michel Noir franchement gêné...

— Et moi Madelin, renchérit Chantal.

— Oui, j'ai bien compris, Michel Noir, Madelin, Masure : bon, O.K., ils avaient des raisons de s'en prendre, soit à Le Pen soit à Mourousi. Ils n'ont pas d'alibi. Ils étaient plus ou moins bizarres pendant nos interrogatoires. Mais quoi ? Est-ce que réellement des gens de ce niveau tremperaient eux-mêmes dans l'exécution d'un meurtre ? Que ce soit l'un de ces trois-là ou l'un des vingt, peu importe ; ça me paraît invraisemblable qu'ils aient mis la main dans un truc aussi sordide...

— Invraisemblable, peut-être. Mais il faut bien se rendre à l'évidence. A part les trois techniciens, *tous* ceux qui ont pu matériellement installer le déclencheur sont des gens plus ou moins connus ! Tous, Eugène...

Alors, incroyable ou pas... Et puis, en imaginant qu'un individu non identifié ait pu s'introduire dans le studio sans que personne le repère, ce qui me paraît d'ailleurs peu vraisemblable, même dans cette hypothèse, il y a toutes chances que ce soit l'un de nos suspects qui lui ait servi de couverture, et qui lui ait permis d'entrer dans la place...

— Tu as sûrement raison, admit Reboul. Mais la perspective d'épingler peut-être demain l'un des présentateurs les plus fameux de la télé, ou pis encore un membre du gouvernement, reconnais que ça fait quand même une drôle d'impression ! »

Mardi, 15 heures, hôtel Matignon, dans le parc

Jacques Chirac marche à grandes enjambées, et entraîne Philippe Malaud, son visiteur, qui doit presque trottiner à ses côtés pour compenser leur différence de taille, dans un tour du superbe parc. L'objet de la balade n'est pas inédit : l'élection présidentielle et les relations avec l'extrême-droite en cette délicate période. Déjà, ils ont évoqué la compétition Stirbois/Mégret pour la succession de Jean-Marie Le Pen.

« Bon, écoute, insiste le Premier ministre, cette histoire Le Pen peut être providentielle pour nous. Quel que soit le nouveau candidat du Front national, il ne fera pas les voix de Le Pen. Et normalement, c'est sur moi que beaucoup de lepénistes devraient se rabattre maintenant. Cela pourrait — cela devrait — me permettre de refaire mon handicap sur le gros Raymond... Au niveau du discours, je ferai ce qu'il faut pour convaincre ces électeurs que la fermeté, la défense de l'ordre, sont bien de mon côté. Tu as vu, j'ai un peu commencé hier soir...

— Oui, j'ai vu », confirme Philippe Malaud. Le dirigeant du fantomatique C.N.I. (Centre national des indépendants), qui se trouve à la charnière de la droite extrême et de l'extrême droite, espère bien qu'il va enfin récolter quelques fruits de sa situation sur l'échiquier politique, et de son amitié avec Jacques Chirac. Il poursuit :

« J'ai vu ce que tu as dit, ça n'était pas mal, mais il faut être encore plus musclé, sur les immigrés entre autres, sur lesquels j'ai compris l'allusion, moi ; mais il faut te mettre à la place du boutiquier de Mâcon, ou du notaire de Châlons : eux ont besoin d'un langage clair. Ils en ont marre du discours feutré des énarques (ils se regardent en souriant ; ils le sont tous les deux !), ils en ont ras le bol des dissertations distinguées de Ballamou ou du socialisme rampant à la Michel Noir...

— En l'occurrence, tu as tort de t'en prendre à Noir. Il est très bien, en ce moment...

— Ah ? Peu importe, ce n'est pas central. Ce qui est déterminant, c'est que tu n'apparaisses pas comme un radical timoré, prêt à s'adapter à toutes les évolutions du monde moderne à l'américaine et déjà résigné à une politique de troisième force...

— Là-dessus, je peux te rassurer. Ce ne sera pas du tout la tonalité de mes prochaines semaines de campagne. Moderne, je le serai, européen aussi, mais les concepts de nation et de sécurité seront au cœur de mes engagements... Cela dit, Philippe, il faut que tu m'aides du côté du Front national. Il faut que leur candidat mette un bémol aux attaques contre moi, de façon à ne pas empêcher les reports de voix au second tour. Il faut aussi qu'il prenne l'engagement formel de faire une campagne de second tour vigoureuse en ma faveur. Et en ma faveur seulement : que les gens sachent que Barre ne bénéficiera pas du même appui, et qu'il courrait donc un risque au deuxième tour...

— Je comprends bien, rétorque Malaud. Et je suis, tu me connais, tout à fait prêt à agir dans ce sens. Mais très franchement, deux questions se posent. D'abord : qu'est-ce qu'on peut leur promettre comme contrepartie, aux gens du Front ? Et puis si tu permets : qu'est-ce que j'ai à y gagner, moi, dans tout ça ? Tu comprends, j'en ai marre d'être l'éternel cocu de tes alliances modérées...

— Je m'attendais à ce que tu me poses ces deux questions, reprend le Premier ministre en souriant. En ce qui concerne le F.N., tu peux leur laisser entendre trois choses : d'abord que je ne toucherai pas à la loi électorale municipale...

— Oui... apprécie Malaud.

— Ensuite qu'à Marseille je n'enverrai personne du R.P.R. ayant une envergure nationale...

— Ça, remarque, ça ne mange pas trop de pain, pour toi : tu n'as personne ! Je sais que personne n'a voulu y aller, ni Pasqua, ni Juppé, ni même Pons...

— Détrompe-toi. J'ai quelqu'un dans la manche... Mais de toute façon, je suis prêt à y renoncer. Et puis, troisième point, je suis prêt à nommer un type de chez eux, leur candidat ou quelqu'un d'autre, à condition que ce ne soit pas un Gaucher ou un Holeindre, bref pas un type trop visiblement marqué — à une fonction importante.

— ... (Malaud siffle entre ses dents.) A quoi pensestu ?

— Je ne sais pas... L'agence pour la maîtrise de l'énergie, ou l'Institut national de l'audiovisuel... Qu'est-ce que tu en dis ?

— Pas mal ! Honnêtement : pas mal !

— Mais bien entendu, motus et bouche cousue, hein ! Si ça les intéresse et qu'ils font la moindre allusion à un accord secret entre nous, je démens formellement, tout est rompu et je cogne !

— Évidemment, évidemment, approuve Philippe Malaud. Et sur ma deuxième question, tu dis quoi ?

— Je dis que tu es un sacré emmerdeur (ils éclatent de rire)... Et je dis que tu as assez attendu ton retour au gouvernement !

— Est-ce que tu me donneras le Quai ?

— Je te trouve bien gourmand ! Écoute, c'est tout de même un peu tôt pour prévoir le poste exact. Tout dépendra des alliances qu'il faudra passer avec Pierre et Paul... Disons en tout cas — et tu sais que je n'ai qu'une parole — que je te garantis un bon portefeuille... »

Mardi. 15 h 45, mairie d'Alfortville

Le commissaire Reboul est introduit dans le bureau du maire. Joseph Franceshi, tout rougeaud, suant, les bourrelets faisant craquer sa chemise moite, accueille chaleureusement le policier :

« Je suis content de vous recevoir ici. Ça m'a fait plaisir de vous retrouver, hier, à TF1. On ne s'était pas revus depuis la place Bauveau et le quai des Orfèvres...

— C'est exact, monsieur le Ministre », opine Reboul.

Pendant qu'une secrétaire apporte le café, le député-maire d'Alfortville commence à répondre aux questions du commissaire. Il est bien allé, hier en fin de matinée, en compagnie de Maurice Benassayag, à Cognacq-Jay. Mais il en est reparti vers 12 h 30, car il devait présider dans sa bonne ville un banquet du troisième âge :

« Et les vieux, en campagne électorale, ça ne se délaisse pas, hein ? » s'exclame-t-il.

Le banquet étant à 13 heures tapantes, il est parti, au plus tard, à 12 h 40-12 h 45 de la rue Cognacq-Jay :

« Même avec une voiture rapide, il faut quand même y arriver, à Alfortville ! », fait-il observer. De fait, le commissaire a repéré, devant l'Hôtel de ville, une Renault 25 avec des vitres dont l'épaisseur de blindage lui a paru supérieure à celle d'un chef d'État. Sans doute la déformation professionnelle d'un ancien ministre de la Sécurité publique...

« Et M. Benassayag, lui, est resté à TF1 ? demande Reboul.

— Ça, je ne sais pas quels étaient ses projets après mon départ, rétorque Franceschi. Il faudra que vous le lui demandiez ! Vous le connaissez, Benassayag ? (et, devant les signes de dénégation du commissaire)... C'est un mec génial, à hurler de rire, précise l'ex-ministre. C'est rare, dans le monde politique, des types vraiment drôles. Ça doit être pour ça qu'il n'a pas réussi à se trouver une circonscription et à se faire élire ; il a trop d'humour...

— Il est tout de même conseiller de Paris, fait remarquer Reboul.

— Oui », concède Franceschi, pour qui, visiblement, ce n'est pas la même chose...

Et comme le policier ne connaît pas son camarade, Franceschi entreprend de lui raconter deux ou trois anecdotes concernant « Maurice ». En descendant les marches, Reboul sourira encore de celle-ci : pendant « l'état de grâce » de 1981, Benassayag était directeur de cabinet du ministre des Rapatriés — « Il faut vous dire, précisait Franceschi, que Maurice a gardé un accent pied-noir pas possible ! ». Bref, le tout frais émoulu directeur de cabinet, qui ne connaissait rien au vocabulaire administratif, voyait passer depuis quelques jours des tas de formulaires portant la mention « pour ampliation » (autrement dit, pour copie conforme). Il ignorait ce que voulait dire ce terme, mais n'osait pas le demander à l'un de « ses » fonctionnaires :

« Ça aurait fait désordre, commentait Franceschi : le directeur de cabinet est le numéro deux du ministère, après le ministre. Il ne peut pas se déconsidérer en posant des questions de béotien à ses subalternes. Alors — Franceschi riait déjà aux larmes — il faut entendre Maurice raconter ça avec son intonation oranaise, il se dit qu'il va demander l'explication, par téléphone, à son grand copain Jean-Claude Colliard, qui était alors directeur adjoint du cabinet du Président de la République. Et Jean-Claude lui répond : “ Arrête ! Ne me demande pas ça ! Moi aussi, ça fait trois semaines que je me demande ce que ça veut dire ! ” »

Mardi, 16 heures, Guyancourt

En ce qui concerne « les programmes » — puisque dans une chaîne de télévision qui se respecte on oppose toujours « l'information » et « les programmes » — Étienne Mougeotte présente les nouveautés possibles de TF1.

Parmi les achats exclusifs, il y aurait surtout « Money, Money », la grande saga australienne, « qui devrait définitivement faire passer “ Dallas ” et “ Dynasty ” pour des bluettes », précise-t-il. Parmi les productions exclusives de fiction, Mougeotte met en exergue « Pognon », titre provisoire (qui arrache un grognement apparemment désapprobateur à Francis Bouygues) d'une série de treize émissions de cinquante-deux minutes chacune, supervisée par Paul-Loup Sulitzer. Il s'agirait, à partir de cas concrets et d'exercices pratiques, de montrer aux téléspectateurs comment s'enrichir. « Les sponsors se bousculent déjà au portillon pour financer cette série », précise Pascale Breugnot, la lippe gourmande. Wiehn est plus circonspect. « L'évolution du marché va plutôt vers les quatre-vingt-dix minutes que vers les cinquante-deux », prévient-il.

Étienne Mougeotte continue son exposé par la présentation d'une coproduction avec l'I.N.A. — « à laquelle les gens de l'I.N.A. tiennent tellement qu'ils en assurent le financement », explique-t-il : il s'agit d'une série de télé-nouvelles sentimentalo-familiales à la brésilienne mais totalement écrite par ordinateur.

Autre coproduction de fiction envisagée, internationale celle-là : une grande émission sur la mort de Louis XVI, avec Arthur Conte — « Il est très connu au Japon et aux États-Unis », commente Christine Ockrent — qui présenterait cette particularité qu'un État américain accepterait (contre 5 % seulement des recettes mondiales) de fournir à la production un authentique condamné à mort, pour le tournage de la scène de l'exécution.

Parmi les émissions de magazines ou de documentaires, sont annoncées aussi une série d'émissions techniques hebdomadaires sur la manière dont ont été marqués les buts du championnat de football de la semaine (animée par Bernard Tapie), une série très spectaculaire sur l'intégrisme religieux dans le monde, « Religions en folie » (animée par Jacques Duquesne) ; et une émission-jeu sponsorisée par les fabricants français d'automobiles opposant des candidats essayant d'aller le plus vite possible d'une ville à une autre, par l'autoroute. « Il faudra compenser par quelques spots à taux réduit pour la Sécurité routière », estime Le Lay.

« Bref, beaucoup de projets passionnants. Une

chaîne vivante, inventive. Décidément, conclut Mougeotte en riant, y en a qu'une, c'est la nôtre ! »

En revanche, Jean-Émile Jeannesson, responsable oublié d'on ne sait plus très bien quoi sur la chaîne, et jusque-là silencieux, voit les autres participants sourire d'un air navré et ne plus comprendre lorsqu'il propose une série de trois émissions sur les problèmes du pouvoir en Chine...

Mardi, 17 heures, rue Cognacq-Jay

Patrick Poivre d'Arvor, qui prépare son Journal du soir, découvre, sidéré, comme ses confrères de toutes les rédactions parisiennes, le numéro du *Canard enchaîné* qui sera mis en vente dans les kiosques le lendemain matin.

Un immense titre en rouge barre le haut de la « une » du *Canard : « La vraie cible du commando de TF1 : Le Pen ou... Mourousi ?* » Et, dans une double page intérieure, le « journal satirique paraissant le mercredi » détaille une série de vérités sur l'enquête du commissaire Eugène Reboul et de l'inspecteur principal Chantal Dupuis. Tout y est — ou presque : la description de la machine infernale, le mécanisme du déclencheur, le changement de places Le Pen/Mourousi de dernière minute, l'embarras des policiers contraints de mener, dans le brouillard, une double enquête, côté télévision et côté politique... *Le Canard* envisage même une motivation politicienne à la non-divulgation de la piste Mourousi :

« *Alors ? Si, comme il paraît aujourd'hui vraisemblable, c'est à Mourousi qu'en avaient les meurtriers de la rue Cognacq-Jay — et non pas au matamore de l'extrême-droite — pourquoi cette piste n'a-t-elle pas été révélée aux Français ? Pourquoi le pouvoir politique, les flics, la télé, font-ils comme si Le Pen était bel et bien la cible visée par le fusil électronique ? Cherchez, cherchez, bien... Vous avez (sans doute) trouvé. Dès qu'il a été informé, lundi après-midi, du caractère bidon de l'hypothèse Le Pen, Chirac a ordonné par téléphone à Pasqua et à ses fidèles limiers de n'en rien dire, et de faire comme si le démocrate bien connu du Front national avait bel et bien été sciemment assassiné. Mais là encore, direz-vous sûrement : pourquoi ? Allons, cherchez encore... suivez notre regard. Vous avez une nouvelle fois (sans aucun doute) trouvé : pour exploiter l'émotion créée dans les milieux de droite et d'extrême-droite, et pour apparaître comme le seul recours crédible en période de troubles, Chirac joue là une petite opération électorale de plus pour " piper " des voix...* »

Poivre d'Arvor a fait signe aux journalistes les plus proches de son coin de travail. Ils sont six ou sept maintenant à dévorer les articles de la double page du *Canard,* en poussant des exclamations et des « nom de Dieu », « incroyable », « ça va barder »... Deux encadrés, dans la même livraison : l'un sur Le Pen, centré sur sa succession comme candidat du F.N. — *Le Canard* croit savoir que ce sera Mégret — et sur son héritage ; l'autre sur Mourousi, plutôt sympathique au demeurant à l'égard du journaliste-vedette de TF1, qui se termine ainsi :

« *Compte tenu de toutes les facettes des activités de notre Yves national — et à moins qu'il n'ait des révélations à apporter lorsqu'il se réveillera — les spécialistes de la maison Poulaga sont bien en peine pour savoir où chercher. Familier des milieux les plus interlopes, défenseur de la veuve et de l'orphelin, et en même temps protecteur des homos, des camés, des motards et des rockers, copain de Jacques Chirac, mais aussi de Jack Lang, d'Edgar Faure et de Georges Marchais, Mourousi a certes beaucoup d'amis. Mais gageons que son activité vibrionnante a dû lui valoir aussi quelques solides inimitiés, dans les cercles les plus divers. Et parfois les plus inattendus.* »

Et puis cet articulet, intitulé « *Le Pen : mon œil !* » qui raconte : « *Le Pen, on le sait, n'avait qu'un œil valide, même si, pour faire respectable, il avait ces derniers temps renoncé à son bandeau noir de jadis à la Moshe Dayan. C'est donc l'œil dans les yeux qu'il s'apprêtait à nous parler, lundi. Et le coup partit, précisément, de... l'œil de la caméra. La plus percutante*

— et pour tout dire la plus lumineuse — des constatations des enquêteurs, en regardant la vidéo de l'émission image par image, fut celle-ci : l'impact de la balle fatale a atteint le visage de Le Pen... en plein dans l'œil qui lui restait. Décidément, on vous le disait : un crime aveugle. »

Poivre est sur le point d'appeler Jean-Claude Paris. Mais celui-ci est déjà arrivé jusqu'à lui. Embêtés par les implications politiques éventuelles — la manière dont *le Canard* « mouille » le Premier ministre — et décidés à être en toute hypothèse circonspects sur ce point, les deux hommes décident qu'on ne peut pas ne pas jouer « le grand jeu » à vingt heures : on fera des révélations du *Canard* un « titre » du journal. Et l'on proposera des interviews, ou des « plateaux » à Claude Angeli, le rédacteur en chef de l'hebdomadaire, ainsi qu'à Jacques Chirac, Charles Pasqua et Eugène Reboul. Bien sûr, seul le premier acceptera. « Et après, évidemment, alors qu'ils refusent de parler, conclut Poivre, Matignon nous reprochera de ne pas être assez " équilibrés " dans notre couverture de l'actualité... »

Mardi, 20 h 30. Le « journal » de Jean Duchateau

J'arrête un moment l'écriture de Meurtre à TF1 *— la journée fut bonne, j'ai jeté six feuillets sur le papier — pour réfléchir, la plume à la main, sur les « révélations » contenues dans* le Canard enchaîné, *qu'on m'a apporté tout à l'heure.*

C'est bizarre. L'hypothèse Mourousi prend de l'ampleur. C'est le point sur lequel je ne suivrai pas le Canard. *Cela dit, ce n'est pas mauvais pour mon livre : je pourrai mettre en scène les gens de la télé. Pour le reste, tout ce qu'il dit de l'enquête recoupe ce que j'en sais à ce jour, et apporte même un ou deux détails que j'ignorais et qui vont m'être utiles.*

Le Canard *joue ici son rôle. C'est son bon côté, de déterrer les affaires délicates et de ne pas lâcher sa proie. Oublions qu'il se laisse parfois aller à jouer un autre rôle, que j'apprécie moins, de râleur un peu facile, au nom du lampiste.*

Il va falloir que j'appelle ceux qui au Canard *sont mes amis, pour parler du crime de la rue Cognacq-Jay. Cela me fera plaisir de revoir Claude Angeli et ses airs d'éternel comploteur au grand cœur. Peut-être aurons-nous deux ou trois rendez-vous secondaires dans Paris, avant de nous retrouver attablés dans un restaurant connu ! Les autres pistes me seront, je l'espère, indiquées tout à l'heure par Chantal, que j'attends. Ces enquêtes de police me paraissent à la fois désespérément lentes ; quand je pense qu'ils vérifient par exemple* toutes *les personnes qui sont entrées à Cognacq-Jay dans la matinée de lundi ; et assez promptement menées ; ils voient rapidement l'essentiel, me semble-t-il, ils rencontrent tout de suite les principaux acteurs et échafaudent vite — trop vite peut-être — des hypothèses sur les coupables.*

A chacun ses méthodes. Pour ce qui me concerne, je m'en tiens à la mienne.

4

ZOOM AVANT

Mercredi, 9 heures, rue Cognacq-Jay

Reboul et Dupuis ont préféré se retrouver dans « leur » salle de réunions de TF1, plutôt que dans l'antre familier du quai des Orfèvres. Peu d'heures se sont écoulées au total, depuis le meurtre, et pourtant ils se sentent déjà chez eux, dans cet univers de TF1 qui les intrigue, les amuse et les irrite. Tout le monde les connaît, aussi, et la secrétaire du bureau d'à côté, il y a cinq minutes, leur a proposé de leur apporter des cafés. Suggestion chaleureusement acceptée.

C'est donc en sirotant leur « espresso sans sucre » que nos deux détectives font pour la énième fois le point de ce qu'ils savent et de ce qu'ils cherchent.

Depuis que Joseph Franceschi a été mis hors de cause, leur liste de suspects comprend dix-huit noms. Rien de nouveau dans les fiches transmises par leurs collègues, sur les faits et gestes des journalistes, invités et techniciens du journal d'Yves Mourousi de lundi. Rien de nouveau non plus concernant l'état de santé du présentateur — encore que les pronostics des médecins semblent maintenant bien meilleurs.

Chantal a compulsé le dossier d'Alain Madelin et fait part de son étonnement au commissaire :

« Tu le savais toi, Eugène : ce Madelin, quand il était plus jeune, était un drôle de pistolet ! » Elle adore cette expression, depuis qu'elle l'a relevée chez un maître de la littérature policière belge, André-Paul Duchâteau, le fameux scénariste de Ric Hochet le héros de bande dessinée.

« Que veux-tu dire ?

— Eh bien, il était complètement facho...

— Oui, enfin, il était d'extrême-droite, tout le monde le sait...

— Moi, je ne savais pas ! Et quelle extrême-droite... Tendance barre de fer, manche de pioche et casque de motard... Et dans la même bande, il y avait Gérard Longuet, le ministre des PTT...

— Eh oui, confirme Reboul. D'après toi, ça rend M. le ministre de l'Industrie un peu plus suspect que les autres ?

— Je ne dis pas ça, proteste Chantal. Mais enfin, c'est intéressant à savoir... Ça montre que dans certains cas, certains hommes peuvent se mettre à accepter l'idée de la violence physique...

— Ouais... moi je crois qu'ils ont réellement changé...

— Des " erreurs de jeunesse " ?

— Oui, opine le commissaire. Surtout que l'époque était différente : à gauche aussi, il y avait des types, aujourd'hui bien tranquilles et pacifiques, qui dans cette fin des années soixante ne crachaient pas sur un bon " baston " avec les extrémiste d'en face... Vraiment, je crois que les Madelin, Longuet et compagnie se sont sincèrement convertis au " libéralisme " comme ils disent...

— Mmm, fait Chantal avec une moue dubitative. Je me méfie toujours un peu des convertis, quels qu'ils soient... »

Reboul ne souhaite pas entamer avec sa collaboratrice une discussion philosophique. Il a, pense-t-il, plus sérieux — enfin, peut-être — à se mettre sous la dent.

« Il y a, note-t-il, trois éléments nouveaux dans le dossier ce matin. D'abord l'alibi d'un des suspects, Noël Mamère, le moustachu d'Antenne 2, était en bois. Il ne déjeunait pas avec Alain Moreau et Jean-François Lepetit. C'est vrai qu'il a avec cet éditeur et ce producteur un projet de série historique pour la télévision, pour TF1 d'ailleurs. C'est vrai qu'ils se voient souvent. Seulement, leur dernier déjeuner n'était pas ce lundi, mais la veille...

— Tiens... dit Chantal en sifflotant légèrement. C'est étrange, d'autant que confondre, dès le mardi matin, ce qu'on a fait la veille avec un repas professionnel organisé un dimanche, c'est gros !

— Je ne te le fais pas dire. J'ai donc réintégré Mamère parmi les gens sous surveillance. Et je dois voir son P.-D.G., dans la journée, pour avoir des renseignements sur ses activités... Je doute que ce soit utile, mais le cabinet du ministre a l'air d'y tenir...

— O.K. Quoi d'autre, dans ton escarcelle ?

— Deux choses plus embêtantes, d'un certain point de vue. D'abord, le déclencheur japonais de chez Mishiba. Ce truc est introuvable en France pour l'instant, il semble qu'il ne corresponde pas exactement à toutes les normes européennes. Les autorités étaient d'autant plus réticentes à son autorisation de vente chez nous que Thomson construit un mécanisme directement concurrent. C'est un ministre qui a directement arrangé le coup pour leur avoir quand même la licence d'importation. Ce ministre, qui est intervenu personnellement dans le règlement du dossier, c'est Michel Noir !

— Aïe, aïe, aïe ! ponctue Chantal.

— Comme tu dis ! Et Noir semble être devenu très pote avec le président de Mishiba pour l'Europe ; il l'a même invité à dîner chez lui, pas plus tard que jeudi dernier...

— Ouais, ouais, ouais... Et ton dernier indice ?

— Il concerne aussi Noir, du moins lui et ses copains. L'association informelle des membres de la majorité anti-Le Pen, qu'entre eux ils appellent “ le Club du Réveil ”, se réunit assez rarement, un peu au hasard de la fourchette... Or, il s'est réuni deux fois de manière très rapprochée, vendredi dernier et ce dimanche même... »

Mercredi, 9 h 30, quai Albert Ier

Le P.-D.G. de la Société lyonnaise des eaux, Jérôme Monod, compulse ses dossiers, dans le bureau qu'il occupe, à l'occasion, à M6, la sixième chaîne de télévision. Sa secrétaire lui annonce une communication téléphonique de Jacques Chirac.

— Allô, monsieur le Premier ministre, tout va bien ?

— Ça va, ça va... Écoute, je t'appelle parce que j'ai vu par hasard, hier soir, sur ta chaîne, le journal télévisé, et franchement ça ne va pas du tout. On dirait que c'est *le Canard enchaîné* qui est au centre de l'information dans le pays, et que le gouvernement est sur la défensive. Si les coups bas partent même de chez les amis, maintenant, c'est très inquiétant...

— Ah ? Je suis désolé... Était-ce dans le journal, ou bien dans un flash d'information ?

— Écoute, je ne sais pas, répond le Premier ministre, visiblement agacé. Renseigne-toi, mais je compte sur toi pour que la 6 fasse un peu plus attention à la déontologie de l'information... »

« Je n'avais pas besoin de ça », murmure pour lui-même Jérôme Monod, Jacques Chirac ayant déjà raccroché. Il appelle aussitôt, dans la maison, Nicolas de Tavernost, et lui fait part de « la colère du Premier ministre ». Son collaborateur appuie immédiatement sur les touches de son clavier, et appelle Alexandre Baloud, le directeur de l'information de la chaîne :

« Alexandre, salut ! Je viens d'avoir Monod. Il tient à ce que tu saches qu'il est très content de l'information de la chaîne. Vraiment très content. Simplement, il voudrait que je te signale une petite anicroche dans la façon de présenter les nouvelles, hier soir... »

Mercredi, 9 h 45, café « Le Nemours »,
place Colette, Paris (Ier)

Chantal retrouve, à deux pas du Conseil d'État, le maître des requêtes Maurice Benassayag, qu'elle trouve fort séduisant, malgré son accent pied-noir. Il a l'air surpris de ses questions :

« Je croyais que ce n'était pas Le Pen qui était visé, mais Mourousi ?

— Nous n'en sommes pas sûrs, avoue Chantal. Mais de toute façon, vous étiez l'une des personnes présentes lundi...

— Oui, d'accord, reconnaît le militant mitterrandien. Mais cela change les choses pour moi : que l'on imagine que je puisse avoir tué cette crapule de Le Pen, passe encore mais certainement pas Yves Mourousi, que j'aime beaucoup !

— Vous pourriez avoir tué Le Pen ? s'étonne en souriant l'inspecteur principal Dupuis.

— Vous pensez... Je ne ferais pas de mal à une mouche ! Je n'ai même jamais giflé ma gosse ! De là à dire — poursuit-il en riant sous cape — que je n'ai jamais eu aucune idée violente à l'égard d'un Le Pen... »

Et Benassayag explique (« Il voudrait démontrer qu'il avait un mobile puissant, il n'agirait pas autrement », se dit Chantal) à quel point un homme comme lui, militant de gauche, juif, de formation universitaire, pied-noir favorable à l'émancipation du tiers monde, se situe aux antipodes « d'un fasciste imbécile comme Le Pen — que Dieu ait son âme ! ».

Il n'a pas d'alibi : il était bel et bien en studio pendant le carnage. Mais, plus il parle, plus Chantal est persuadée (« Même si, se dit-elle machinalement, il faudra continuer à l'avoir à l'œil ») qu'il n'est pour rien dans cette affaire.

Son interlocuteur continue à lui raconter gentiment sa vie, ses opinions, ses convictions. Chercherait-il à la séduire ? Chantal se souvient, au détour d'une phrase, de ce conseil d'un ancien ami, le journaliste Albert-Paul Lentin, lui aussi originaire d'Algérie : « Méfie-toi des pieds-noirs ; chez nous, le cochon qui sommeille ne s'endort jamais ! » Mais non : Benassayag continue de parler pour le plaisir de parler... :

« Moi qui ne suis pas un homme politique...

— Tout de même ! proteste-t-elle, comme quelqu'un

qui a lu un dossier. Vous avez été membre des instances dirigeantes du parti socialiste, plusieurs fois candidats aux élections. Vous êtes Président du club Espaces 89, conseiller de Paris... »

Mais Benassayag fait valoir que son engagement aux côtés de François Mitterrand n'est pas « politique », au sens étroit du mot, que c'est plutôt une façon de vivre, plus intensément. Au passage, pour mieux lui faire comprendre ce que c'est que la gauche, il lui raconte une anecdote, qui date de 1981, ou 1982 il ne sait plus :

« J'étais au cabinet de Courrière, le ministre des Rapatriés. Un de mes copains du cabinet d'Hernu, Dubos, m'appelle un jour et me dit : " Charles va faire une visite officielle sur le sous-marin nucléaire *Le Redoutable.* Ça t'amuse de venir avec nous ? " Je saute sur l'occasion. On y va. Le grand jeu : jet, hélicoptère, et tout ! Je me retrouve, moi, avec mon petit imperméable, à côté de Charles Hernu, sur le sous-marin. Et je me disais : tu te rends compte, toi, le petit juif, au premier rang sur ce bateau avec le ministre de la Défense, et un rang derrière, respectueux, au garde-à-vous, tous ces amiraux antisémites ! »

Mercredi, 10 heures, 17, rue de l'Arrivée

« Alors, commissaire, la maison vous plaît ? » Napoléon Bouygues accueille Reboul avec jovialité, malgré les circonstances, dont il avoue qu'il se serait bien passé.

L'enquêteur dresse pour lui un bref état de la situation, puis lui rend compte de sa conversation avec Patrick Le Lay. Il conclut :

« Votre collaborateur m'a dit que votre choix sur l'éventuel successeur d'Yves Mourousi n'était pas fait, au moment où celui-ci a finalement décidé de reprendre le collier.

— Ah, il vous a dit ça ? Mais qu'en sait-il ? Eh bien si, commissaire, mon choix était fait. Et même, tout était bouclé. Les intéressés avaient été prévenus, et les salaires fixés ! Tout baignait...

— " Les " intéressés ? s'étonne Reboul.

— Oui. Le petit Masure remplaçait Mourousi, pour un " treize heures " refait à neuf, avec un salaire de cent soixante mille francs par mois, et Dominique Bromberger, l'homme au nœud pap', prenait sa place au " 20 heures ", du vendredi au dimanche. Avec lui, je m'en tirais mieux : cent mille !

— Ah... et donc Masure et Bromberger avaient été avertis de leur prochaine promotion ?

— Absolument. Par moi-même qui vous parle !

— Tiens... commente le commissaire (qui cherche une question pour réfléchir aux conséquences de ce qu'il est en train d'apprendre)... Cela fait quand même des salaires élevés !

— Vous trouvez aussi, hein ! s'exclame Bouygues. Je vais vous raconter une chose, commissaire. Lorsque j'ai récupéré cette chaîne, j'ai envoyé une mission en Italie, conduite par Pascal Josèphe, l'ancien bras droit d'Hervé Bourges, le P.-D.G. qui croyait diriger cette maison avant moi. Pourquoi l'Italie ? Pour discuter avec la RAI, et comprendre ce qu'il faut faire quand on est en concurrence avec Berlusconi. Quand Josèphe est revenu, il m'a dit textuellement : " La seule chose à retenir, c'est qu'en aucun cas il ne faut laisser partir les vedettes de la chaîne pour la concurrence : elles emportent leurs audiences avec elles. " Huit jours plus tard, les gens ici ont tellement mal négocié que les vedettes de TF1 sont parties sur la Cinq, chez Berlusconi-Hersant ! Alors, il n'est plus question que ça se reproduise : il vaut mieux payer — même si, remarquez, Sabatier n'avait pas " emporté son audience " sur la 5. On ne sait d'ailleurs pas si cela n'est pas dû simplement au fait que peu de postes reçoivent cette chaîne dans de bonnes conditions... Du reste, regardez ça (il farfouille sur son bureau, trouve une note de trois ou quatre pages, l'ouvre à la dernière page, montre à Reboul un passage surligné au feutre jaune clair)... Ça émane de notre régie de publicité... »

Reboul prend le papier et lit :

« *Il convient donc de prendre en compte plusieurs variables :*

« *1° les salaires des animateurs ne représentent au total*

qu'une part minime des budgets de production des émissions qu'ils présentent ;

« 2° l'audience des émissions est largement déterminée par la personnalité de leurs présentateurs ;

« 3° par l'audience qu'ils apportent à la chaîne, les présentateurs-vedettes permettent d'obtenir des recettes publicitaires considérablement plus importantes que les cachets qu'ils pourraient réclamer. Dans ces conditions, les augmentations demandées par les vedettes de TF1 ou celles que la chaîne pourrait " débaucher " sont négligeables, eu égard aux recettes qu'elles nous procurent. »

« Vous voyez, commissaire : il faut payer ; ça rapporte plus que ça ne coûte !

— Mmm... marmonne Reboul. Et garder Mourousi au " 13 heures ", puisque finalement il a décidé d'y rester, c'est évidemment garder une vedette incontestée de la chaîne. Mais ne faut-il pas de temps en temps innover, changer ?

— Vous savez, le changement, c'est bien, mais à petites doses... On peut changer les gens dans les programmes peu regardés, les tester, et s'ils sont bons, leur donner des émissions plus importantes. Mais le " 13 heures " d'un coup, c'est trop risqué...

— Vous avez laissé partir Marie-France Cubbada du " 20 heures "...

— Disons que je ne l'ai pas retenue. Au début, je l'aimais beaucoup. On m'avait dit qu'elle faisait son journal en *play-back,* et je trouvais cela très réussi, pour du play-back. Mais quand j'ai appris qu'on m'avait fait une mauvaise plaisanterie, et qu'en fait c'était du direct, alors je n'ai plus trouvé cela extraordinaire, et je n'ai pas été mécontent de la refiler à Hersant et à Berlusconi... Pauvre Hersant...

— Vous le plaignez pour le cadeau que vous lui avez fait ?

— Non, non ! Je disais " pauvre Hersant " machinalement, en pensant à lui... Il paraît qu'il a du mal à suivre le rythme de son Italien d'associé ; que Berlusconi n'arrête pas de le sortir, le soir, de dîner en boîte et en rendez-vous nocturne. " R.H. " qui n'a pas du tout l'habitude, mais qui s'est laissé convaincre qu'à la télévision il fallait ça, est complètement crevé ! D'autant que, lorsque Berlu n'est pas là, il laisse sur place un autre rital, avec la même mission : sortir R.H., le fatiguer ! Voyez-vous, R.H., je crois qu'il est très bien pour la presse écrite. Pour la télévision, il faut un autre type d'hommes.

— Des bâtisseurs... ? s'entend dire Reboul.

— Exactement, commissaire ! Vous savez que R.H., dans sa maison de Normandie, s'amuse le week-end avec une bétonneuse, un tracteur, un rouleau-compresseur. Il déplace ses petites collines, refait les allées, construit...

— Ah ! Je ne savais pas...

— Si, si, c'est vrai ! Eh bien moi, n'est-ce pas, je n'ai pas besoin de ça ! Bâtir, je fais cela depuis longtemps. Et j'ai montré que je savais le faire ! Nous ne sommes pas au même niveau... Il paraît du reste que R.H. dételle-rait complètement de la télé, bientôt, et qu'il nommerait quelqu'un à sa place pour s'occuper de ses intérêts sur la Cinq. Il pense paraît-il que Janine Langlois. Glandier pourrait être, non seulement P-D.G. de la 5, mais responsable du développement du groupe Hersant dans l'audiovisuel... Enfin, si ça peut lui permettre de prendre un peu de repos... Moi, je sais aussi prendre le temps, remarquez... Tenez, quand j'ai pris cette chaîne : il y avait justement le festival du cinéma qui commençait à Cannes. Eh bien, j'y suis parti, pour y passer huit jours, avec Le Lay et la plupart des collaborateurs du groupe. Tranquillement. Il paraît qu'il fallait voir la tête des gens de TF1 à Paris : ils avaient de nouveaux patrons et ils étaient pour la semaine à Cannes ! Hilarant, non ? Il y en a d'ailleurs quelques dizaines qui ont fait le voyage à Cannes juste pour essayer de nous rencontrer...

— A propos du remplacement éventuel d'Yves Mourousi, coupe le commissaire, tentant de revenir à son sujet, on m'a rapporté que vous auriez dit (il consulte son carnet à spirale) : “ La succession d'Yves Mourousi ne s'ouvrira que lorsque l'intéressé le souhaitera, c'est-à-dire probablement quand il sera sur son lit de mort ! ” Est-ce exact ?

— Tout à fait exact. On vous a bien renseigné.
— Devant qui avez-vous dit ça ?
— Attendez que je réfléchisse... qui y avait-il ce jour-là ?... Oui, je me rappelle parfaitement : il y avait Le Lay, Bromberger et Masure. »

Mercredi, 10 h 30, Théâtre du Châtelet

Chantal Dupuis sait qu'elle doit retrouver ici le communiste Jack Ralite. Déjà surprise du lieu du rendez-vous, elle s'étonne un peu plus, en constatant qu'on la fait entrer dans la salle et qu'on l'emmène jusqu'à une loge. « M. Ralite ne va pas tarder », lui confie l'employé. Chantal s'installe, et découvre sur la scène un orchestre en train de répéter — le NOP, Nouvel Orchestre Philharmonique, apprendra-t-elle tout à l'heure. Du Wagner, à l'évidence. Chantal n'aime pas trop Wagner, mais enfin, cela change, quelques minutes de musique dans une enquête aussi stressante...

Au bout d'un moment, un homme entre, glisse quelques mots au chef d'orchestre. Celui-ci tapote son pupitre avec sa baguette et s'adresse aux musiciens :

« Mesdames et messieurs, conformément à ce qui avait été annoncé, M. Jack Ralite, du Parti communiste français, va venir nous dire quelques mots. Pause donc, pour dix minutes ! »

A cette annonce, certains membres de la formation — un petit tiers, estime Chantal — préfèrent sortir de scène. Mais une nette majorité restent à leur place, et attendent l'orateur, qui fait son entrée comme un chef d'orchestre. Quelques rares applaudissements, Jack Ralite monte sur le pupitre et commence son intervention.

« Mesdames, messieurs, je suis content de cette occasion de vous rencontrer, parce que je suis convaincu que, comme moi, vous pensez que la situation faite à la musique, et plus largement à la Culture, est dans ce pays plus qu'un sujet de préoccupation, un vrai scandale. Il faut organiser une prise de conscience, et agir, par rapport à l'État, par rapport à la Ville de Paris, et aussi par rapport à des organismes culturels décisifs comme Radio-France et les institutions de l'audiovisuel. Oh, je sais bien que certains d'entre vous estiment que le Parti communiste, aujourd'hui, fait un peu " dépassé ", voire " ringard " (rumeurs et sourires dans l'assistance), mais certains savent aussi qu'il est le seul à faire de la Culture, non pas un terrain pour développer des ambitions personnelles, mais une dimension permanente de sa réflexion et de son action... »

Chantal a fermé les yeux. Elle entend les mots s'écouler, l'un derrière l'autre, prévisibles, chantonnant, ronronnant. Un discours intelligent, par ailleurs, se dit-elle, et qui visiblement se veut « ouvert », pas du tout « communisme qui vient du froid ». Mais la musique habituelle du discours politique classique. La scansion sans surprise d'une prose surannée. Mieux vaut encore Wagner, pense-t-elle.

Ralite a fini de parler — plutôt trente que les dix minutes annoncées. Une nette majorité des musiciens applaudit, chaleureusement. Deux ou trois se lèvent même pour manifester leur enthousiasme.

On est venu chercher Chantal, qui se trouve face au dirigeant du P.C., en coulisses.

« Je ne savais pas, dit-elle en préambule, que vous vous occupiez de musique...

— Ah ! s'étonne-t-il en souriant. Vous savez, je m'occupe de culture. Donc, tout ce qui est création, art, pratiques culturelles quelles qu'elles soient, entre dans le domaine de mes responsabilités politiques...

— Je croyais que, comme vous avez été ministre de la Santé...

— Ça c'est une vacherie que m'avait faite Mitterrand ! Non : j'ai toujours été spécialiste de culture, de cinéma, d'arts plastiques, de théâtre...

— Ça ne doit pas être une vie désagréable... fait remarquer Chantal.

— Je ne me plains pas ! ».

Venue vérifier l'alibi de Ralite pour lundi, Chantal repart avec des réponses précises et des noms à recouper : l'ancien ministre, à l'heure du crime, avait quitté le studio 4, et, s'il se trouvait toujours bien dans l'immeuble de la rue Cognacq-Jay, c'était en réunion avec le bureau de la section C.G.T. des techniciens...

Regagnant la sortie, Chantal surprend ce dialogue entre deux musiciennes du NOP qu'elle avait repérées tout à l'heure parmi les cordes :

« Tu es restée, toi, pendant le communiste ? Je trouve ça incroyable qu'on les autorise à faire ça, pendant que l'orchestre travaille ! Déjà qu'on a peu de répétitions, pour une œuvre si difficile...

— Oh tu sais moi, je suis restée. Une demi-heure payée à ne rien faire, c'est toujours ça de pris... »

Mercredi, 11 heures, rue de l'Arrivée

Reboul passe voir Anne Sinclair à son bureau. Admirateur de la journaliste, il ne peut s'empêcher de la détailler, physiquement. Il la trouve plus petite et plus potelée qu'à l'écran. Mais sa bouche est peut-être encore plus sensuelle, et son sourire tout aussi enjôleur et désarmant.

Elle n'a pas l'air de très bonne humeur, et apprécie visiblement assez peu qu'on ose lui demander, à elle, ce qu'elle faisait au moment du meurtre de Le Pen. C'est vrai qu'elle ne portait pas le leader de l'extrême-droite dans son cœur — « c'est le moins qu'on puisse dire », précise-t-elle — mais de là à imaginer qu'elle aurait pu le tuer, elle si attachée aux droits de l'homme...

Reboul a beau protester, invoquer l'égalité de traitement de tous les témoins, la routine, les nécessités de l'enquête, rien n'y fait : la belle Anne Sinclair ne voit pas pourquoi elle aurait à se justifier de ses faits et gestes à l'heure du crime.

Et c'est comme un prétendant éconduit que Reboul, un peu épaté de ce qui lui arrive, se fait courtoisement mais prestement raccompagner jusqu'à la sortie...

Mercredi, 11 h 30, rue Bernouilli

C'est, depuis ce matin, la troisième interruption de séance de ce Bureau exceptionnel du Front national. L'atmosphère est électrique. Deux groupes délibèrent, séparément. Ici, on entend Roger Holeindre s'écrier :

« Ces types sont de gros dégueulasses. Ils prétendent qu'on est prêt à imposer notre candidat à coup de mitraillettes... »

Là, c'est la réunion de concertation de l'autre tendance, où l'on perçoit cette exclamation de Bruno Gollnisch :

« Maintenant que nous savons, nous, que le fric nous revient, il n'y a aucune objection à accepter la réunion d'un Conseil national...

— On ne va pas acheter les militants un par un,... surtout en si peu de temps... objecte Mégret.

— Je n'ai pas dit ça ! proteste Gollnisch. Mais l'argent donne quelques moyens de persuasion ! Et de toute façon, le fait que nous l'ayons va se savoir très vite, à la base, et ça provoquera des reclassements salutaires ! »

On est revenu en salle des séances. Martinez préside, et donne la parole à Stirbois :

« L'heure est grave, commence le secrétaire général. Certains tentent de s'accaparer l'héritage alors que Jean-Marie n'est pas même encore enterré. Certains n'ont que faire de l'unité du Front, et sont prêts à tout sacrifier à leurs ambitions personnelles. Je le dis tout net : cela suffit. Nous sommes en train de gâcher les chances d'une percée, je dirai d'une victoire, de la vraie droite, que nous étions en train d'amorcer, contre les libéraux, les socialos, les ploutocrates de tout poil, et cela malgré tout l'argent arabe qui se déverse honteusement dans cette campagne présidentielle. Il faut nous ressaisir, et s'il y a des traîtres parmi nous, il faudra sévir. Mais on ne peut le faire que sur le mandat des militants. Je suggère donc que nous convoquions un Conseil national extraordinaire du F.N. pour le week-end prochain, afin de procéder à la désignation de notre candidat à la présidentielle.

— Qui demande la parole, sur cette proposition ? », demande Martinez.

Une seule main se lève : celle de l'ancien directeur de campagne de Le Pen, Bruno Mégret, vers lequel d'ailleurs tous les regards s'étaient tournés.

« Je trouve inadmissibles certains des sous-entendus de Jean-Pierre, dit-il, sur un ton qui se veut solennel. Je n'ai personnellement aucune leçon à recevoir de ceux qui avaient été désavoués, par Jean-Marie lui-même de son vivant... (rumeurs, cris... Martinez tente de calmer les esprits). Je ne poursuivrai pas la polémique. J'ai conscience de représenter les forces vives de ce pays, de ceux qui sont attachés à la lutte contre tous les fléaux qui menacent les valeurs de notre société française...

— Même les Arabes ? l'interrompt Holeindre...

— Je ne réponds pas aux calomnies, répète Mégret. Comment pourrait-on sérieusement accuser le bras droit de Jean-Marie de ne pas être fidèle à nos idéaux communs ? Encore une fois, trêve de polémiques : on veut la sanction des militants, on l'aura. Personnellement, je n'ai rien à en redouter. Je suis donc d'accord pour une convocation du Conseil national ce weekend. »

Stirbois et ses amis exultent : les autres — croient-ils — se sentent donc en état de faiblesse. La partie est gagnée ! Ce qu'on prétend sur l'héritage du patrimoine financier de Jean-Marie étant sûrement faux aussi, la voie va s'ouvrir à une candidature présidentielle du secrétaire général. C'est Gollnisch qui parle maintenant :

« Il est heureux que nous soyons tous d'accord sur la marche à suivre. Je propose qu'en même temps que nous soumettrons aux militants le programme présidentiel et le choix de notre candidat, nous leur disions que le choix nous paraît devoir se porter soit sur Jean-Pierre soit sur Bruno, mais aussi que le Bureau a, pour sa part, voté en majorité pour l'un ou l'autre...

— Évidemment, sans quoi on a l'air de démissionner de nos responsabilités, et de baisser nos frocs, commente Holeindre, qui n'a pas vu le piège. »

Stirbois — maintenant tout à fait sûr de lui — suit Holeindre, et l'on vote, à bulletins secrets, sur la proposition de Yann Piat.

Sur les treize présents (chiffre qui fera s'interroger Romain Marie : qui était Judas ?), huit se prononcent pour Mégret, et cinq pour Stirbois. Ce dernier enrage. Mégret s'amuse déjà, à l'idée du texte, qu'il a dans la poche et qui passera tout à l'heure sur les téléscripteurs de l'A.F.P. :

« *Le Bureau du Front national a désigné MM. Bruno Mégret et Jean-Pierre Stirbois pour conduire la délégation du F.N. aux obsèques de Jean-Marie Le Pen, jeudi. Cet organisme a par ailleurs désigné M. Bruno Mégret comme candidat du Front national à l'élection présidentielle. Ce choix doit être entériné le week-end prochain par un Conseil national du F.N.* »

Mercredi, 12 heures, rue Cognacq-Jay

Stupéfaite, Michèle Cotta relit pour la troisième fois le texte dactylographié de la lettre, signée Patrick Le Lay, qu'on vient de lui transmettre par le courrier intérieur :

« *Chère Madame,*

« *La Présidence de la chaîne comprend parfaitement que vous ayez jugé utile d'organiser, il y a quelques mois, une importante réception en l'honneur de votre prédécesseur. Vous avez sans doute jugé qu'une telle cérémonie était de nature à mieux vous permettre d'installer votre autorité à la tête de la rédaction.*

« *Toutefois, dans la mesure où la décision d'offrir cette réception a été prise par vous seule, et compte tenu du prix de la facture qui vient seulement de nous être adressée — pour un montant hors taxes de 80 000,00 francs — vous comprendrez, j'en suis sûr, que nous vous demandions de bien vouloir imputer cette dépense sur vos frais de représentation.*

« Veuillez croire, chère Madame, à l'assurance de mes sentiments fidèlement amicaux.

Le vice-président, directeur-général
Patrick LE LAY »

Mercredi, 12 h 45, hôtel Marigny

Les journalistes accrédités à l'Élysée et un certain nombre de chefs de service ou rédacteurs en chef de journaux sont venus écouter le commentaire du porte-parole du Président de la République sur le communiqué du Conseil des ministres, qu'ils ont sous les yeux et qui est ainsi rédigé :

« Sur rapport du ministre de l'Intérieur, le Conseil des ministres a pris connaissance des développements de l'enquête relative au meurtre de Jean-Marie Le Pen.

« A cette occasion, le Président de la République et le Premier ministre ont stigmatisé l'action criminelle irresponsable perpétrée à l'encontre d'un élu de la République. Ils ont rappelé leur réprobation devant le caractère odieux d'une telle action, condamnée par l'ensemble du peuple français, et ils ont renouvelé leur confiance dans les services de police, pour que les responsables de l'attentat — quels qu'ils soient — soient déférés à la Justice dans les meilleurs délais.

« Le gouvernement sera représenté aux obsèques de Jean-Marie Le Pen par le Premier ministre, le ministre de l'Intérieur, le ministre chargé des relations avec le Parlement, le ministre de la Culture et de la Communication et le ministre délégué auprès du ministre de l'Économie, chargé du Commerce extérieur. »

Michèle Gendreau-Massaloux est souriante, apparemment détendue, lorsque, dès son arrivée, les questions fusent à son intention :

« Qui a, le premier, stigmatisé l'action des meurtriers ? demande Michel Chabot, du *Parisien*.

— Protocolairement, c'est évidemment le Président

qui s'exprime le premier...

— Qu'est-ce qui a été dit au Conseil sur l'état d'avancement de l'enquête sur le meurtre ? s'inquiète Jacques Labib, de R.T.L.

— Je ne peux donner aucune information, ni apporter aucun commentaire, sur une affaire qui est maintenant du ressort de la Justice.

— Une délégation aux obsèques composée de Chirac, Pasqua, Rossinot, Léotard et Noir, c'est un dosage politique interne au gouvernement ? interroge Gérard Carreyrou, d'Europe 1.

— Je n'ai pas de commentaire à faire sur ce point. Je pense qu'il s'agit d'une délégation gouvernementale, au sens plein du terme. Mais je suis sûrement moins bon juge que vous pour apprécier d'éventuelles sensibilités politiques internes au gouvernement...

— Le Président n'assistera pas aux obsèques ? s'enquiert Jean-Luc Mano, de TF1.

— Non.

— Est-ce un geste politique ? insiste Dominique Souchier, de France-Inter.

— Vous savez que le Président de la République devait, dans cette période, partir en visite à N'Djamena. La date exacte de ce voyage, qui dépend évidemment de circonstances liées à l'évolution de la situation au Tchad, vient d'être fixée : le Président part dès ce soir. »

Dans le brouhaha créé par cette révélation, on entend émerger une question de Jean-Luc Mano :

« Est-ce que la décision du Président de partir dès ce soir est liée d'une certaine façon au fait que les obsèques de Jean-Marie Le Pen ont lieu demain matin ?

— Analyse qui voudra, comprenne qui pourra ! »

C'est cette réponse qui fera les titres des flashes des radios de l'après-midi, et fournira le titre de l'éditorial d'André Fontaine, dans la dernière édition du *Monde*.

Mercredi, 13 heures, au « Fouquet's »

Bruno Mégret est heureux de commencer sa carrière de candidat en déjeunant aux Champs-Élysés avec Christine Clerc, du *Figaro-Magazine* — d'autant que celle-ci est visiblement ravie d'apprendre l'élimination quasi-certaine de Stirbois de la course à la Présidence.

Mais la journaliste a l'air absolument persuadé que l'attentat de lundi visait Yves Mourousi. Cela embête Mégret, qui le lui explique franchement :

« Vous comprenez, maintenant, de toute façon le mal est fait et ce pauvre Jean-Marie est mort. Alors, tant qu'à faire, il vaudrait mieux qu'il ait été la vraie victime désignée des tueurs. Sans quoi, on va perdre dans le pays la dimension d'émotion que comprend forcément le martyre. N'être que la victime d'une balle perdue, c'est quand même moins noble... »

Un autre aspect de la conversation inquiète aussi Mégret. Christine Clerc évoque des hypothèses qu'elle a entendues au sujet du meurtre, dans le cas où Le Pen aurait bien été visé — des hypothèses dont elle laisse entendre qu'elles sont prises au sérieux par la police. Elle cite un règlement de comptes interne à l'extrême-droite, mentionnant au passage le nom de Demarquet. Elle fait aussi référence à l'idée d'un faux complot monté par Le Pen lui-même, et qui aurait mal tourné, « une sorte d'Observatoire à l'envers », précise-t-elle en souriant.

Mégret, lui, sourit jaune, mais se console en se rappelant le goût de la journaliste pour les romans de politique-fiction...

Mercredi, 13 h 15, rue de Rivoli

En sa salle à manger, le ministre d'État, ministre de l'Économie, des Finances et de la Privatisation, reçoit à déjeuner, sous les lambris dorés de ce palais du Louvre qui décidément lui sied à merveille, son ami l'industriel Ambroise Roux, et trois membres de la C.N.C.L.

(Commission nationale de la communication et des libertés), Daisy de Galard, Pierre Huet et son président, Gabriel de Broglie.

L'atmosphère est aimable, le Pomerol remarquable, le ministre d'État disert. Il s'adresse à Ambroise Roux :

« Vous connaissez le dernier bon mot de Léotard (lui, ne dit pas « Léo », il trouve que c'est une formule trop « publicitaire » en faveur du ministre de la Culture). Il a dit, paraît-il, de vous que vous êtes à moi ce que je suis au Premier ministre !

— Ah ? Que voulait-il dire ? demande innocemment Daisy de Galard (que de Broglie fusille du regard).

— Eh bien je suppose, chère madame, qu'il voulait dire : une sorte d'éminence grise... »

Pendant le rôti, on passe aux anecdotes attendries sur les débuts de la C.N.C.L. On rit encore — mais avec distinction — en se rappelant les conditions de l'attribution de la sixième chaîne. Et du bon tour qu'on a joué à une journaliste d'un grand quotidien, en lui faisant l'honneur du scoop qu'était le récit heure par heure des négociations avec R.T.L. pendant le dernier week-end « avant la décision du lundi »... alors que ladite décision avait été prise en secret dès le vendredi ! On se remémore aussi le match Hachette-Bouygues pour TF1 : Ambroise Roux félicite de nouveau le président de la C.N.C.L. pour l'art consommé avec lequel il a mené tout cela, faisant croire jusqu'à la fin aux « milieux généralement bien informés » qu'Hachette tenait la corde, pour organiser enfin le vote prévu en faveur de Bouygues.

« Il faut dire, reconnaît de Broglie, modeste, en lorgnant en direction de Huet, qu'en la circonstance les représentants du groupe Hersant qui sont membres de notre commission ont fort bien joué la partie...

— En la circonstance ? s'étonne Huet. Est-ce que par hasard vous voudriez dire que, le reste du temps, Michel Droit est un empêcheur de tourner en rond ?

— Pas du tout, proteste de Broglie, et du reste je ne pensais pas seulement à lui...

— Ah ? articule après un léger temps mort l'éminent conseiller d'État, qui ajoute : il faut dire aussi que, lorsqu'il s'est agi de voter pour Bouygues, les membres de notre commission désignés par le Président de la République n'ont pas été mal non plus !... »

Pendant la charlotte aux poires, on évoque le meurtre de TF1. « Une histoire navrante », laisse tomber le ministre d'État. Ambroise Roux, cependant qu'il déguste son grand cru classé, plaisante sur la clairvoyance des meurtriers... qui ont su choisir la chaîne privatisée pour accomplir leur forfait médiatique !

Au café, on évoque l'avenir de l'audiovisuel français et son financement. « En tout cas, fait remarquer le ministre d'État, si par malheur Sa Suffisance Raymond Barre était élu, il ne pourrait plus toucher à notre dispositif : maintenant, tout est en place pour trente ans... »

Mercredi, 13 h 30, cantine du quai des Orfèvres

Leur plateau-repas vite expédié, et posé sur un bout de table, Eugène Reboul et Chantal Dupuis échangent fébrilement informations et hypothèses, dans un coin de la cantine, à l'abri de la curiosité de leurs collègues. Reboul ne peut s'empêcher de faire part, en priorité, de l'impression que lui a causée Anne Sinclair, et du trouble que lui a créé son absence d'alibi.

« Te fatigue pas, Eugène, elle a un alibi en béton », l'interrompt Chantal, sans s'apercevoir qu'elle emploie, à son insu, le langage du groupe Bouygues.

Un inspecteur de leur service lui a, de fait, rapporté les faits et gestes d'Anne Sinclair à l'heure du crime. Elle participait à un déjeuner-réunion, autour d'Yves Montand, en compagnie d'Ivan Levaï, Bernard Kouchner, André Glucksman et Bernard-Henri Lévy. L'ordre du jour portait sur l'intervention du chanteur pendant la campagne. Les informateurs du quai des Orfèvres ne sont pas en mesure de savoir ce qui est sorti de la réunion — il semble que « B.H.L. » (qui a été vu à l'Élysée la veille) ait conseillé à Montand de renoncer à s'exprimer, Anne Sinclair et Ivan Levaï penchant pour la temporisation, Kouchner plaidant pour une attitude plus offensive, Montand lui-même, étant « plutôt pour ». La réunion aurait été interrompue par une longue conversation téléphonique entre Glucksman et Marie-France Garaud. Il est en tout cas certain qu'Anne Sinclair n'a pas quitté la réunion — ne serait-ce que parce qu'elle se tenait dans son appartement — de 12 h 45 à 15 h 10.

Reboul sourit en pensant aux raisons d'Anne Sinclair de n'avoir rien voulu lui dire, préfère intérieurement cela, et passe à la suite, c'est-à-dire aux alibis vérifiés pendant la matinée. Benassayag et Ralite étant hors de cause, cela ramène leur liste de suspects théoriques à seize noms.

« Mais certains, fait remarquer Reboul, sont plus suspects que d'autres. » Et de narrer à son adjointe sa conversation du matin avec l'étonnant président Bouygues. Jusqu'aux deux noms livrés en pâture en fin d'entretien (puisque la troisième personne citée, Patrick Le Lay, n'était pas à Cognacq-Jay au moment du meurtre) : Dominique Bromberger et Bruno Masure. Les deux journalistes avaient un intérêt objectif à l'élimination d'Yves Mourousi : leur promotion — qui leur avait été annoncée formellement par le président de la chaîne. Bouygues leur avait par ailleurs clairement claironné que cette promotion était désormais dépendante de la seule « disparition » éventuelle de Mourousi. Et l'un comme l'autre étaient présents à Cognacq-Jay lundi, à l'heure de l'attentat, sans alibi vérifiable. Si la cible des tueurs était Mourousi, Bruno Masure et Dominique Bromberger, conclut Reboul, occupent désormais la tête de série des coupables éventuels. De manière indiscutable.

Chantal a écouté Reboul attentivement :

« C'est très, très intéressant, finit-elle par dire après un silence de trois bonnes secondes. D'autant que tiens-toi bien, j'ai un autre renseignement assez intriguant qui pourrait avoir un lien avec Masure...

— Ah ? Parle, mais enfin parle vite...

— Écoute, ne nous emballons pas. Mais enfin, voici. Tu sais qui est, dans la vie, l'une des bonnes copines de la femme de Masure ?

— Mme Masure ? Aucune idée... Comment veux-tu ?

— Eh bien, c'est la femme du journaliste Alexis Liebaert. Elle a fait Langues O. C'est une spécialiste de langue japonaise.

— Oui, fait Reboul, en fronçant le sourcil. Et ?...

— Et elle travaille ces temps-ci comme interprète personnelle du président de la Société Mishiba pour l'Europe ! Mishiba : la marque de ce déclencheur électronique tout nouveau et pas encore commercialisé en France !

— Nom d'un chien ! Nom d'un petit bonhomme ! profère Reboul, entre ses dents.

— Eh oui ! Et les couples Liebaert et Masure ont tour à tour reçu à dîner, deux fois dans les quinze derniers jours, le couple de " Japs ", chez eux. Les " Japs " les ont tous invités, dans un restaurant japonais des Champs-Élysées, encore ce dernier vendredi !

— Écoute, tranche posément le commissaire, comme tu dis, ne nous emballons pas ! Mais je reconnais que c'est un indice tout à fait troublant. Et, nom d'un chien, en plus ce Liebaert était l'un des invités du journal de Mourousi lundi ! Depuis, il est à l'étranger. On tient peut-être le bon bout, Chantal ! »

Reboul a projeté son bras en travers de la table, et serre affectueusement l'épaule de Chantal Dupuis. Les collègues présents à la cantine, peu habitués à ces débordements chez Reboul, se poussent du coude et rient sous cape.

Si la piste Mourousi donne quelques lueurs d'espoir aux deux policiers, ils n'oublient pas pour autant la piste Le Pen pour laquelle — toujours l'histoire Mishiba — Michel Noir garde le statut de suspect n° 1 ; l'anti-Le Pen par excellence a eu la possiblité matérielle d'être mêlé à l'attentat, il en a les mobiles politiques, et il fréquente le fabricant du matériel utilisé.

« Et puis, je vais te dire, ajoute Reboul, lorsque j'ai eu Pasqua ce matin, je ne sais pas comment t'expliquer mon impression, mais j'ai cru comprendre qu'il accordait quelque crédit à cette hypothèse... Bref, qu'elle lui paraissait tout à fait envisageable... D'ailleurs, dans le communiqué du Conseil des ministres, je ne sais pas ce que tu en penses, mais... (Reboul ressort le papier que leur a apporté à table, il y a un moment, leur collègue Quinsac)... tu as vu cette formule : « Les responsables de l'attentat — quels qu'ils soient. » Tu ne trouves pas que ça ressemble à un texte de gens qui prennent leurs précautions pour l'avenir ?

— Ouais, concède Chantal. Mais enfin Noir lui-même était au Conseil des ministres, et il fait partie de la délégation officielle aux obsèques de Le Pen...

— C'est vrai aussi », admet Reboul.

Sur le dossier Noir, rien par ailleurs de bien nouveau. Chantal raconte au commissaire ce que lui ont transmis les inspecteurs des Renseignements généraux, pour éclairer le caractère et l'originalité de la situation politique du ministre du Commerce extérieur — le plus « mitterrandien » des ministres R.P.R., celui aussi qui a le plus volontiers — gaffes comprises — un franc-parler de « grand garçon un peu rude ».

Reboul sourit à la narration du « ralliement » de Noir au mitterrandisme, tel que le décrit un inspecteur des « V.O. » — les voyages officiels. Ce jeune loup chiraquien, au début très opposé à la personne du Président de la République — il fut le seul à refuser de lui serrer la main, lors du premier conseil des ministres après les élections de mars 1986 —, semble avoir été converti lors d'un voyage officiel du chef de l'État en U.R.S.S. Cela se passait non loin de la place Rouge, à Moscou. Suivant une habitude à lui, François Mitterrand faussa compagnie au cortège, pour aller se promener à pied dans les rues de la capitale, suivi par quelques-uns des membres de sa suite, dont notre ministre. Traversant la célèbre place, le petit groupe se dirigea vers le fleuve, contempla le Kremlin, et revint sur ses pas, jusqu'à l'ancien palais des tsars de toutes les Russies. Pendant tout le trajet, le Président se laissa aller à une longue dissertation décousue sur la Russie, l'art religieux orthodoxe, la beauté du soleil couchant sur l'étoile rouge du Kremlin, Soljenitsyne, l'âme slave, la difficulté d'être des créateurs d'arts plastiques sous le communisme. Noir fut ébloui, ébahi, « transporté » même, selon un témoin.

Revenu un peu plus tard à l'hôtel Rossia, il confia à deux ou trois amis : « Quel homme ! Quelle culture ! Quelle hauteur de vue ! C'est quand même autre chose que Chirac ! »

Depuis, dans tous les voyages présidentiels auxquels participe le ministre du Commerce extérieur, il fait tout pour être proche du Président, s'asseoir près de lui dans l'avion, le côtoyer pour recevoir sa parole. Ses prises de position sur l'extrême-droite, son refus de tout compromis avec Le Pen, semblent d'ailleurs avoir encore rapproché les deux hommes. Curieux personnage, redit le commissaire...

L'heure du repas, et du *briefing* entre les deux policiers, est passée. Il est temps de reprendre le collier. De continuer à contrôler les opérations de routine sur tous les suspects, y compris les « invités » du journal : rien de bien concluant pour le moment à propos des Arnoult, Cayrol, du Roy et autres Liebaert. Avec dans l'idée que certains de leurs « clients » sont, plus que les autres, dans le collimateur : Noël Mamère et son faux alibi, Dominique Bromberger, et surtout Bruno Masure, côté journalistes, Michel Noir côté politique...

Au moment où Reboul et Dupuis descendent l'escalier, ils tombent sur l'inspecteur principal Langon, qui justement les cherchait :

« Ah... J'ai peut-être un truc pour vous. Ça concerne votre engin Mishiba...

— Encore ! fait Chantal. Quoi, cette fois-ci ?

— C'est peut-être sans aucune relation avec votre affaire, mais nous avons établi que le meilleur copain français du dirigeant de la firme japonaise à Paris est un certain de Rosen...

— Et alors ?

— Eh bien, ce de Rosen est actuellement le directeur de cabinet d'Alain Madelin au ministère de l'Industrie, dont il est un vieux pote. Qui plus est, Madelin — et pas seulement Michel Noir — est intervenu personnellement, malgré l'opposition de l'administration des Finances, pour obtenir l'autorisation d'importation pour Mishiba en France. Et enfin,

Madelin et le Jap ont passé un week-end à la campagne, en Sologne, chez de Rosen, il y a deux semaines...

— Ça alors !... » commente sobrement le commissaire.

5

PLAN RAPPROCHÉ

Mercredi, 15 heures, le « journal » de Jean Duchateau

Je reviens d'un déjeuner, à Matignon, avec Jacques Chirac et deux autres convives, le publicitaire Jean-Michel Goudard et le conseiller en communication — surtout spécialiste du bronzage permanent — Thierry Saussez.

Chirac est en forme. Je retiens surtout qu'il n'a vraiment peur que du second tour. Au premier, il est certain de « faire son affaire » à Raymond Barre, selon sa propre expression. J'ai d'ailleurs noté l'extrême violence privée de mes trois compagnons de table à l'égard de leur concurrent, à un moment pourtant où la campagne chiraquienne insiste publiquement sur la nécessité d'une bonne entente, d'un modus vivendi entre eux. J'ai rappelé cette loi de la Ve République, que j'avais essayée l'autre jour devant François Mitterrand : à chaque élection présidentielle (sauf celle de 1969, où la gauche était absente du second tour), 15 % environ des électeurs du candidat de droite éliminé au premier tour préfèrent voter à gauche au second tour, plutôt que de se reporter sur l'autre candidat de droite. On retrouve cette proportion, à chaque fois : 15 % de « lecanuettistes » ont préféré Mitterrand à de Gaulle en 1965, 15 % de « chabanistes » ont choisi Mitterrand (encore lui) plutôt que Giscard en 1974, 15 % de « chiraquiens » — « parmi lesquels Jacques Chirac lui-même », a commenté le Premier ministre en riant ! — ont opté pour Mitterrand (lui encore) de préférence à Giscard en 1981. Dans ce dernier cas, ces fameux 15 % ont assuré l'élection d'un Président socialiste. Il est du reste piquant de se rappeler, ces jours-ci, que Jacques Chirac glissa, le 10 mai 1981, un bulletin Mitterrand dans l'urne !

Cette règle des 15 % m'avait valu cette remarque de Mitterrand : « Cela veut dire que je dois hisser Chirac le plus haut possible le 24 avril ! », ce qui est amusant mais logique : il est persuadé que Barre sera devant Chirac au premier tour.

Chirac, lui, m'a répondu : « Cela se reproduira probablement. 15 % d'électeurs du gros Raymond ne se reporteront pas sur moi au second tour. Mais il y aura cette fois deux correctifs. D'une part, le score de Barre va encore baisser pas mal d'ici le 24 avril, toutes les prévisions des experts l'annoncent formellement (j'ai relevé que Saussez, puis Goudard, approuvaient gravement). D'autre part, le score de Lajoinie sera ridicule, et le potentiel global de la gauche au second tour sera donc plus faible — surtout avec une gauche divisée. »

Comme face à Mitterrand, j'ai marmonné un borborygme qui a dû passer pour une approbation.

La mort de Le Pen apparaît à Chirac — beaucoup plus que je ne l'aurais imaginé — comme une « divine surprise ». Il est persuadé que les anciens supporters du chef du Front national vont se reporter sur lui en masse. Et que cela lui rendra plus facile encore la tâche de creuser l'écart avec Barre. Lui et ses amis comptent aussi sur les inévitables « gaffes » que ne devrait pas manquer de commettre en série « le professeur Barre » : d'après eux, sa suffisance est telle que, mettant de côté les notes de ses conseillers, il se laisse de plus en plus aller, devant des auditoires spécialisés, à dire n'importe quoi et à provoquer du coup un effet d'autant plus désastreux qu'on le croit a priori sérieux et bien informé. D'après Saussez, « chez les leaders d'opinion, on sait maintenant que Barre est léger ». L'adjectif, concernant Raymond Barre, m'a fait sourire. J'ai mollement avancé quelques résultats de sondages qui paraissent aller en sens inverse. Mais ils ont, paraît-il, des données IFRES qui les confortent absolument. Je n'ai pas osé demander ce qu'est l'IFRES...

Concernant les axes de campagne de Chirac d'ici au premier tour, mes interlocuteurs m'ont paru aussi confiants. « Pas de problème majeur, a dit Goudard. Une communication claire sur des axes clairs. » Si j'ai bien compris, Chirac va continuer d'insister sur le fait que, lui, gouverne depuis mars 1986, que le redressement a commencé, et qu'il faut maintenant transformer l'essai. J'ai demandé si les études d'opinion ne montraient pas plutôt des Français sceptiques sur la qualité du « redressement » opéré, et dubitatifs sur la suite. Mais il semble que je me trompe tout à fait...

Pendant tout le repas, en regardant Chirac, j'ai pensé à ma dernière conversation à son sujet avec Mitterrand. A un moment, tout à trac, le Président m'avait demandé drôlement :

— Vous le connaissez bien, vous, Chirac ?

— Euh... Moins bien que vous, monsieur le Président ! avais-je prudemment répondu.

Et Mitterrand m'avait confié à quel point il trouvait « ce garçon » — il n'a pas arrêté de l'appeler « ce garçon » — sympathique et agréable à vivre. « Ç'a été une découverte », affirmait-il. Mais il avait aussitôt enchaîné :

« Son seul problème, c'est qu'il n'a aucune conviction politique ! (Je n'avais bien sûr pas osé faire de comparaison avec la force et la constance des convictions de mon hôte...) Voyez, avait-il poursuivi, je me le dis souvent quand je l'ai en face de moi. Ce garçon a beaucoup de talent, mais pas d'attachement réel à des idées. Il aime beaucoup la *politique, il n'arrive pas à aimer* sa *politique ! »*

Sur l'enquête concernant le meurtre de Le Pen, en revanche, je n'ai rien pu glaner au déjeuner Chirac qui pût m'être utile pour Meurtre à TF1. *Là, je dois compter sur mes propres forces. Et sur Chantal, à l'évidence tout aussi ravie de m'aider à écrire ce livre qu'elle est enchantée de découvrir le monde magique de la télévision...*

Mercredi, 15 h 10, au siège du Parti républicain, rue de Villersexel, Paris (7ᵉ)

François Léotard a réuni quelques amis, pour une séance de travail sur la situation politique. La disparition de Le Pen et ses conséquences prévisibles à court et à moyen terme occupent les esprits. Selon le ministre de la Culture, la disparition du chef du Front national est une excellente chose pour les prochaines élections législatives, et surtout municipales, mais pas pour cette présidentielle.

« Les électeurs déçus de ne plus avoir Le Pen vont se reporter sur Chirac, plutôt que de voter pour un Mégret qui n'a ni notoriété ni force de conviction...

— Je ne suis pas d'accord avec toi, mais pas du tout, le coupe Alain Madelin. Les électeurs de Le Pen sont des gens qui avaient besoin d'être rassurés sur la capacité du pouvoir à défendre les petits et les moyens contre les périls du monde moderne. Chirac ne peut pas les satisfaire alors que Barre, par son côté à la fois très carré, très français, très sûr de lui, doit pouvoir opérer un transfert en douceur. La disparition de Le Pen est une vraie bénédiction. Le vrai match à droite ne sera plus pollué par sa démagogie !

— Je ne te suis pas complètement, affirme Léo. Le chiraquisme, c'est quand même la droite autoritaire, et les supporters de Le Pen préfèrent la droite autoritaire à la droite libérale...

— Non, non, tranche Gérard Longuet. Alain a raison : pour des gens comme nous, la dimension autoritaire du chiraquisme est évidente. Mais au niveau des électeurs lepénistes, ce n'est pas du tout pareil. Je crois réellement, avec Alain, qu'un centrisme volontaire peut mieux les récupérer, surtout — soit dit entre nous — si ce centrisme comporte une dimension franchouillarde, à la Raymond Barre !

— Bon, j'espère que vous avez raison. Reste à savoir ce que nous devons faire dans l'immédiat : aller ou ne pas aller aux obsèques, je veux dire en tant que P.R. puisque moi je suis forcé d'y aller comme ministre. Et surtout ce que nous devons dire par rapport à la présidentielle.

— Pour ce qui est des obsèques, fait valoir Philippe Vasseur, je ne vois pas comment on pourrait se dispenser d'y aller tous. Chirac, Barre et Léo y étant, il faut faire nombre et ne pas avoir l'air de bouder un grand moment d'émotion de la droite unie ! D'autant que, par rapport au second tour de la présidentielle, ça risque de laisser des souvenirs, et donc de compter ! »

Tous tombent d'accord sur ce point, même si Alain Madelin fait savoir que, pour ce qui le concerne, Le Pen le « débéquetait » trop, et qu'il préférera rester chez lui, rue de Miromesnil — mais sans le faire savoir publiquement.

En ce qui concerne la présidentielle, c'est comme d'habitude le ministre des PTT, Gérard Longuet, qui donne le ton :

« Plus que jamais, le mot d'ordre doit être : " campagne autonome ". Il faut mettre Barre dans l'obligation de prendre Léo à Matignon ! La nouvelle campagne d'affiche est prête, Raffarin va nous en parler. Le seul problème est de savoir s'il faut modifier le slogan, ou en ajouter un nouveau, pour prendre en compte la disparition de Le Pen. »

Jean-Louis Raffarin présente en effet, immédiatement, les affiches préparées pour cette phase de la campagne présidentielle. Le visage souriant — mais d'un sourire à peine esquissé — de François Léotard, occupe l'essentiel de la surface.

« Vous remarquerez, fait observer le spécialiste, le choix des couleurs. L'affiche est évidemment en quadrichromie, de nos jours on ne peut faire autrement, faute d'apparaître *cheap*.

— Comment ? demande Jacques Douffiagues, le ministre des transports.

— *Cheap*, quoi ; bon marché si vous préférez, précise Raffarin, qui n'apprécie pas d'être interrompu de la sorte. Mais, par contraste avec la plupart des campagnes ambiantes, nous avons opté pour des couleurs plus douces, ce qui donne une campagne plus *cool*, moins agressive, ce qui ne veut pas dire moins lisible... »

Tous sont impressionnés par cette technicité, même ceux, comme Philippe Vasseur, qui sont irrités par la présence persistante de ce « giscardien » au sein de l'état-major « léotardien ». Raffarin évoque d'ailleurs des « pré-tests d'impact » qui semblent garantir l'efficacité de la forme des messages...

Il reste à discuter du contenu des slogans. Sur les cinq proposés — ceux qui ont obtenu les meilleurs scores dans les réunions projectives de groupe, est-il précisé — l'un est immédiatement rejeté : « POUR QUE FINISSENT LES GUERRES DE RELIGION ». Après la mort de Le Pen, il paraît déplacé, ne serait-ce que par « la connotation anti-intégrisme catholique qu'il pourrait prendre », remarque François Léotard.

Un autre est modifié par la discussion. Il prévoyait, en surtitre : « AVEC VOUS JE SERAI LE GARANT » — formulation qui plaît à tous : elle met l'accent à la fois sur « avec vous », donc sur un aspect démocratique essentiel, et sur « je », qui valorise l'action personnelle de Léo — et, en texte principal : « D'UNE FRANCE MODERNE ET OUVERTE ». Le terme « France » est plébiscité — il est même jugé spécialement heureux après la disparition de Le Pen. En revanche, « moderne » prête à controverse, car il peut effrayer ; et surtout « ouverte » devient inacceptable, car l'adjectif pourrait faire croire à l'acceptation d'une culture pluri-ethnique, « à la Jack Lang », comme le souligne Jacques Douffiagues. Après un long débat, on retient finalement : « UNE FRANCE MODERNE ET DÉTERMINÉE » — les adversaires de « moderne » estimant en définitive que le mot est ici bien contrebalancé par « déterminée ».

« AVEC FRANÇOIS LÉOTARD, POUR QUE LE CHANGEMENT SOIT VRAIMENT LIBÉRAL » est d'emblée accepté, d'enthousiasme.

« UNE NOUVELLE GÉNÉRATION AFFRONTE TRANQUILLEMENT L'AN 2000 » donne lieu en revanche à quelques sarcasmes sur « la force tranquille ». Le mot « affronte » est condamné pour sa dimension non-consensuelle, presque guerrière. Le slogan devient : « AVEC FRANÇOIS LÉOTARD, UNE GÉNÉRATION RESPONSABLE POUR L'AN 2000. »

Enfin, le slogan-consigne de vote, « qui donne tout son sens aux autres », explique Raffarin, était primitivement conçu ainsi : « AVEC LÉOTARD, LE VOTE LE PLUS EFFICACE. » Il est jugé « tout de même sibyllin », selon l'expression d'Alain Madelin. Il devient d'abord « AVEC FRANÇOIS LÉOTARD, POUR QUE RAYMOND BARRE GAGNE », et finalement — Léo faisant remarquer qu' « on n'insiste pas assez sur le caractère déterminant de *notre* apport dans la victoire » — « AVEC FRANÇOIS LÉOTARD, POUR FAIRE GAGNER RAYMOND BARRE ».

Au terme d'un travail dense et fructueux, Gérard Longuet fait rire l'assistance aux larmes, en concluant :

« Je ne vois qu'un slogan qui puisse être éventuellement meilleur que celui-ci, ce serait : " AVEC FRANÇOIS LÉOTARD, POUR FAIRE GAGNER JACQUES CHIRAC ! " »

Mercredi, 15 h 15, au siège d'Antenne 2, avenue Montaigne, Paris (8e)

Reboul se perd dans les couloirs. L'hôtesse, en bas, lui a-t-elle bien dit « septième étage » ? Toujours est-il qu'il n'y a personne derrière le bureau d'accueil, personne nulle part semble-t-il. A force d'ouvrir des bureaux vides, le commissaire tombe, au radar, sur celui de la secrétaire de Claude Contamine, le P.-D.G. d'Antenne 2. Il est attendu, on le fait entrer immédiatement.

Le policier est un peu surpris de l'apparence de son hôte : l'air plutôt crispé, pas l'ombre d'un sourire, une manière de parler qui glacerait un brasero, et avec ça un accoutrement en technicolor, chemise jaune, cravate verte, veste à carreaux bleus et marron... Pendant toute leur conversation, Reboul s'efforcera de ne pas sourire, en repensant à cette anecdote que lui a contée l'autre jour, dans un couloir de TF1, Francis Mayor, le directeur de *Télérama*, rencontré par hasard. Il y a des années, à Cannes, Contamine avait, paraît-il, été chargé de remettre au fameux dessinateur Chaval un prix de court-métrage pour son film *les Oiseaux sont des cons*. Personnage prude à qui les gros mots écorchent la langue, Contamine avait dit : « Je suis heureux de remettre ce prix à M. Chaval pour son film *les Oiseaux sont des... Les Oiseaux sont... Les Oiseaux sont des imbéciles.* » Chaval avait à son tour pris la parole pour « remercier beaucoup... M. Oiseautamine » ! Depuis, le surnom était resté à Contamine...

Bref, Oiseautamine reconnaît que Noël Mamère est dans un « semi-placard » à Antenne 2 — l'expression enchante Reboul —, parce que c'est une « forte tête », un « gaucho-gauchiste », un « militant syndicaliste ». Il lui paraît normal qu'il ait eu des pourparlers avec d'autres chaînes — et regrette d'apprendre qu'ils n'aient pas eu d'effets. Il confirme les contacts de Mamère avec le producteur Lepetit pour la fabrication d'un « journal de la Révolution française », destiné à TF1.

Que Mamère puisse être lié à un complot contre Le Pen ne paraît pas invraisemblable à Contamine, « compte tenu des tendances politiques » du journaliste. « Et on ne saurait jamais trop se méfier de ces gens qui ont l'air bonasse ! », conclut-il. Voilà bien une réflexion qui ne saurait venir à l'esprit au sujet de Claude Contamine, pense le commissaire en battant retraite.

Mercredi, 15 h 30, salle de réunions, rue Cognacq-Jay

Dominique Bromberger est venu, comme on le lui a demandé, rejoindre Chantal Dupuis. Elle le trouve assez étrange. Il a l'air gêné, peu à l'aise. Il se mordille les ongles. Il hésite avant chaque réponse, dodeline de la tête en parlant. Aurait-il pour de bon quelque chose à cacher ? Quelque chose à se reprocher ?

Chantal réfléchit à l'étrangeté de sa situation. Comme téléspectatrice, elle apprécie beaucoup Bromberger depuis des années pour ses qualités, qu'elle prise par-dessus tout, d'intelligence et d'humour. Son nœud papillon systématique l'a aussi toujours amusée. Cela fait longtemps qu'elle aurait aimé le rencontrer, bavarder avec lui. Et voici qu'elle est contrainte de le mettre sur le gril.

Après tout, il est bien possible qu'il soit simplement

mal à l'aise d'avoir à se justifier devant la police, « d'autant qu'aujourd'hui, se rappelle Chantal, je crois qu'avec ma petite robe moulante, j'en jette assez !... ». Elle fixe encore le journaliste — l'un de ceux, pense-t-elle, qui ressemble le plus à l'image que donne de lui la télévision. Et ce n'est certes pas vrai de tous : elle a été surprise de constater que Christine Ockrent, aussi belle « en vrai » qu'à la télé, est toute petite, alors qu'elle l'imaginait très élancée. Pierre Géraud, le rédacteur en chef du « 13 heures », à qui elle s'en est ouverte hier, lui a raconté à ce propos que Mourousi avait un jour invité Ockrent dans son émission — elle était alors la « star » du « 20 heures » sur Antenne 2. Mourousi avait tout fait pour inciter la reine Christine à se lever, l'invitant à aller à l'autre bout du studio avec lui, à retrouver les autres invités du journal. Rien n'y avait fait : la belle Christine Ockrent, ne voulant pas qu'on la sache petite, était restée inexorablement rivée à son fauteuil !

Bromberger, lui, marche de long en large dans la salle de réunions. Il ne se laisse pas apprivoiser. Yves Mourousi, affirme-t-il, au fur et à mesure des questions, est un ami de toujours, « depuis France-Inter dans les années soixante ». Il a toujours aimé travailler avec lui, il le rencontre de temps en temps, pour le plaisir de bavarder, en dehors des heures de bureau. Il n'a avec lui aucune relation de compétition, il n'y a jamais eu le moindre orage dans leurs excellents rapports de travail. Bromberger professe même une réelle admiration pour « le talent » de Mourousi. Dans un monde où chacun « débine » si facilement chacun, cela sonne presque bizarre, se dit Chantal.

Oui, il est exact — confirme Bromberger — qu'il a rencontré Bouygues, et que son statut aurait été modifié par le départ de Mourousi. Mais il a l'habitude de changer de fonctions — du service politique intérieure à celui de politique étrangère (de la « poline » à la « polette », comme on dit en ne retenant que les deux premières syllabes des deux services), du statut de chroniqueur à celui de chef de service ou de présentateur du journal. Bref, le journaliste a tout fait à la télévision et semble résigné — malgré quelques regrets

— à rester chef du service de politique étrangère pour les années à venir, même, confie-t-il, s'il n'aurait pas détesté le nouveau statut d'homme-tronc du « 13 heures » proposé par Bouygues...

« Mais franchement, à quoi riment toutes vos questions ? finit-il par demander. Suis-je considéré comme suspect d'avoir attenté à la vie de ce pauvre Yves ? J'ai été gentil jusqu'à maintenant, mais je commence à trouver que vous poussez le bouchon un peu loin ! »

Chantal explique, réaliste, qu'on ne peut exclure aucune piste, et que, d'une discussion approfondie avec chacun de ceux — une quinzaine — qui ont eu la possibilité matérielle, lundi, de mettre à feu le dispositif de tir, peut naître la lumière. Dominique Bromberger, mi-figue mi-raisin, n'accepte qu'à moitié ce statut de témoin interrogé au même titre que quinze autres. Mais il admet plus mal encore l'idée d'être considéré comme suspect de tentative de meurtre sur la personne d'Yves Mourousi, « l'une des rares personnes dans cette maison » avec qui il n'ait jamais eu maille à partir !

Il convient aussi qu'il ne peut invoquer le moindre alibi. Il était présent sur les lieux du crime. Il a parlé avec plusieurs des journalistes et invités présents en studio ou en régie, mais sans s'attarder spécialement avec l'un ou l'autre ; il ne peut donc mettre en avant une conversation pendant la période de temps considérée comme cruciale par la police, et qui le mettrait hors de cause.

Chantal essaie, sans plus de succès, d'orienter la conversation sur Bruno Masure — « un ami », dit encore Bromberger — et sur Noël Mamère — « un type sympathique, que je connais peu », affirme-t-il. Bromberger ne se souvient pas avoir vu Mamère à TF1 lundi, et ne peut localiser exactement Masure pendant les minutes fatidiques.

« J'ai l'impression, lance-t-il à Chantal, que vous, les gens de la police, vous vous êtes mis dans la tête que la victime prévue était Mourousi, et qu'un homme de télévision est forcément le coupable du forfait. Vous êtes confortés dans cette idée par l'atmosphère qui règne ici. Pour quelqu'un de l'extérieur, on pourrait croire que nous nous détestons les uns les autres, que nous nous envions, que nous nous jalousons, que nous passons notre temps à nous tirer dans les pattes, ou à intriguer pour avoir la place du voisin ! Ce n'est pas totalement faux, bien sûr. Mais il faut faire la part des choses. Nous sommes à la télévision, et le fait de montrer sa binette à l'écran, d'être reconnu dans la rue, de signer des autographes, tout cela nous monte un peu à la tête. Nous avons tous des problèmes pas simples avec notre ego. Mais ne vous y trompez pas : en même temps, nous nous aimons bien, nous formons une rédaction assez cohérente et assez soudée. Je ne vois personne, ici, vous entendez, personne, qui puisse imaginer aller jusqu'au crime pour faire avancer des projets personnels. Surtout pas à l'égard d'Yves Mourousi, que tout le monde aime bien ! »

Il a peut-être raison, se dit Chantal, soudain un peu lasse. Mais Bromberger continue :

« Et puis, cela vous arrange, vous et le pouvoir politique. Un attentat contre Le Pen, cela fait autrement plus " désordre ". Je vais vous dire la vérité : compte tenu des personnalités politiques présentes en studio lundi, vous n'osez même pas envisager l'hypothèse d'un complot contre l'extrême-droite... »

Là, il se trompe, estime Chantal Dupuis (qui entrevoit, quelques secondes, en pensée, des « flashes » de Michel Noir et d'Alain Madelin), mais, se dit-elle, je ne suis pas là pour discuter de cela avec ce décidément étrange personnage...

Mercredi, 15 h 45, place Bauveau

Charles Pasqua décroche en bougonnant l'interministériel. C'est le patron qui appelle.

« Allô Charlie, est-ce que ça avance, oui ou non, cette enquête sur le meurtre de Le Pen ? Il faudrait que ce soit réglé rapidement. On ne sait jamais comment ce genre de trucs peut évoluer si ça ne s'arrête pas vite, et si on n'étouffe pas les rumeurs dans l'œuf.

— Je sais, monsieur le Premier ministre (un instant, à

entendre l'extrême déférence de son ton, Chirac se demande si Charles Pasqua ne se moque pas de lui... mais non, ce n'est pas du tout son habitude...)... Je suis payé pour le savoir !

— Alors, où en est-on ?

— Malheureusement, rien de sensationnel pour l'instant. Mais on avance... Les services de police ont dans le collimateur une petite quinzaine de personnes, maintenant, et ils ne les lâchent pas d'une seconde. Ça va bien finir par porter ses fruits. Peut-être demain, mais peut-être dans quinze jours !

— Dans quinze jours ? C'est insensé ! Il me faut absolument des résultats plus vite que cela. D'autant que ma courbe de popularité ne remonte que lorsque la police met la main sur des gros poissons, qu'il s'agisse d'Action directe ou du grand banditisme !

— Je sais, je sais... répète Pasqua, qui a l'air sincèrement navré. Mais cette histoire de double piste Le Pen/Mourousi complique tout, avec en plus l'autre rigolo qui est toujours groggy dans un hôpital et qui ne nous est d'aucun secours ! Et puis, si c'est Le Pen qui était la cible, ce n'est pas si simple de suivre tranquillement des indices qui peuvent mener à des membres du gouvernement !

— Quoi ? s'étrangle Chirac. C'est vraiment sérieux, cette histoire de Mich...

— Pas de noms ! Surtout pas de noms ! l'a coupé Pasqua, impérieux. J'ai bien peur que ce soit tout à fait sérieux. Et il faudrait qu'on discute avec précision de ce que l'on fera si l'un de nos deux lascars est dans le coup, surtout si c'est celui de notre bande (sans doute évoque-t-il ici Michel Noir, par opposition à l'U.D.F. Alain Madelin...).

— Absolument ! Quel coup terrible ce serait, en pleine campagne...

— Oui. De toute façon, nous nous voyons demain matin ?

— Absolument. Alors, à demain, Charlie. Et tiens-moi au courant de l'enquête, d'ici là, dès que tu as de nouveaux éléments. »

Mercredi, 16 heures, place du Colonel-Fabien

La réunion du Bureau politique exceptionnel du Parti communiste français est commencée depuis une heure. Roland Leroy souffre en silence d'entendre tant de bêtises : « C'est vrai, se dit-il, que ce n'est pas nouveau. Cela fait des décennies que j'entends dans cette instance les analyses les plus erronées, proférées par les gens les plus médiocres. Tout cela finira mal... » Leroy rouvre les yeux. C'est Paul Laurent qui est en train de parler, de son ton monocorde, incroyablement lent et endormant malgré l'accent faubourien. Ce n'est pourtant pas le plus bête, se dit Leroy, mais comment peut-il croire toutes ces âneries ?

« Je pense, est en train d'expliquer " Paulo ", que la période est bonne pour nous et devrait nous permettre d'amorcer une remontée du Parti. Je ne dis pas — il faut être conscient, et se garder de tout excès d'optimisme — qu'André (du menton, il désigne Lajoinie) va faire des étincelles le 24 avril. Mais je pense que la disparition de Le Pen va nous permettre de marquer de nouveaux points décisifs dans la classe ouvrière de ce pays. Nous aurons beau avoir affirmé cent fois le contraire, nous savons bien que Le Pen venait chasser sur notre territoire, jusque dans la Seine-Saint-Denis ! Son élimination va permettre un reflux vers nous de ces voix ouvrières dévoyées. De ce point de vue, la prise de position qu'a exprimée André dès lundi — faite de dignité, d'émotion, de sentiments républicains — est apte à avoir touché le cœur de ces électeurs ouvriers qui nous ont été infidèles, et qui doivent nous revenir. Il faut continuer à être très compréhensifs à l'égard de ce que signifiait le vote Le Pen, pour que ces transfuges, qui ne connaissent pas ce Mégret, se replient logiquement sur la candidature d'André ! »

Lumineux ! pense intérieurement, en gloussant, Roland Leroy, qui replonge dans sa sieste. Pourquoi faut-il — cela n'a pourtant aucun rapport — que son rêve l'emporte vers ce jour si chaudement ensoleillé d'août 1968, sur une route de Tchécoslovaquie ? Il se revoit, automobiliste paisible en vacances, brutalement face à face avec des tanks soviétiques. Il se rappelle le rire goguenard de l'officier lorsqu'il excipa de sa qualité de « membre du Comité central du parti frère français » (longtemps encore, il se demandera la vraie raison de ce rire : l'autre n'a-t-il pas cru qu'il avait vraiment un dirigeant communiste français en face du lui, on n'en avait-il strictement rien à faire ?). Leroy se remémore les heures passées, sous le soleil, mains en l'air, sous la menace de deux mitraillettes soviétiques. « Ces " russkofs " sont des boyards primaires », se redit pour la millionième fois Leroy, qui n'a jamais compris pourquoi on fait de lui, dans la presse bourgeoise, le porte-parole d'une soi-disant tendance « pro-soviétique », alors qu'il est simplement « communiste ». S'ils veulent les valets des Russes, continue-t-il dans sa divagation intérieure, mi-éveillée mi-endormie, ils les ont pourtant sous la main ! Son regard perçant derrière ses paupières à moitié closes se portent sur André Lajoinie et Georges Marchais, qui prennent tous deux des notes, consciencieusement — laborieusement, tranche-t-il.

Krasucki développe maintenant son analyse de la situation.

« Je suis d'accord avec Paulo, affirme le dirigeant syndicaliste, mais avec des nuances. C'est vrai que des travailleurs communistes s'étaient laissés aller à voter Le Pen entre 1984 et 1986 et qu'on va peut-être les récupérer si on sait jouer le coup astucieusement. Mais il ne faut pas se cacher que, dans les boîtes, la réaction qui domine chez les camarades, c'est quand même " Hourra ! Bravo pour les mecs qui ont fait le coup ! ". Au fond, les copains comprennent mal le ton compassé de leurs dirigeants pour condamner l'attentat. Ils trouvent qu'on aurait au moins pu laisser entendre qu'on n'était pas mécontent de l'opération ! »

N'importe quoi ! pense Leroy. Mais Georges Marchais a déjà enchaîné :

« Mes camarades, la situation est délicate et demande du doigté (Leroy se demande pourquoi il prend un ton rigolard pour dire cela). Je suis d'accord sur l'analyse avec Paulo et avec Krasu. Mais le vrai problème, c'est de savoir comment en sortir. Je veux dire : sortir de la situation de telle façon que la candidature communiste (il ne dit pas : André Lajoinie) amorce une remontée pour le Parti. Or, la difficulté de la période, c'est que toute situation de trouble peut renforcer le Parti socialiste. Le P.S. est dans une phase où il est hégémonique sur la classe ouvrière, que cela nous plaise ou pas. Et il peut être le recours *aussi* pour les anciens électeurs communistes devenus lepénistes ! Je tiens à attirer votre attention là-dessus : le vrai danger, le vrai ennemi est plus que jamais le Parti socialiste. C'est d'abord contre le P.S. qu'il faut centrer notre réaction. Enfin, mes camarades, rappelons-nous ce que nous nous sommes dit en désignant André ! L'objectif de la campagne, c'est qu'André se rapproche le plus possible de mon propre score en 1981, et en tout cas fasse un résultat à deux chiffres. Et au second tour, notre stratégie c'est de faire élire, si possible Barre, si pas possible Chirac, mais en tout cas de barrer la route aux socialistes. C'est encore plus vrai aujourd'hui ! »

Leroy se sent fatigué, vidé, au bout du rouleau. Non qu'il soit en désaccord avec les conclusions de Marchais, au contraire. Mais quelle grossièreté d'analyse, quelle simplification des concepts, quelle rugosité dans la dialectique ! Le communisme n'est plus ce qu'il n'aurait jamais dû cesser d'être... Roland Leroy s'est levé, il s'éclipse pour un moment (« il va prendre un médicament », dit en souriant Hermier à Lajoinie, qui décidément est toujours silencieux), se retrouve à la buvette, commande un whisky bien tassé. Regardant son verre pensivement, il se laisse aller à un humour qui se veut populaire en direction du serveur : « Encore un que les communistes n'auront pas ! » Mais le camarade-barman n'a pas l'air d'avoir le sens de l'humour...

Mercredi, 16 h 30, salle de réunions, rue Cognacq-Jay

Chantal a cédé la place à Eugène Reboul, qui reçoit une nouvelle fois Bruno Masure dans leur local d'adoption. Le journaliste est toujours aussi souriant, mais le commissaire le sent imperceptiblement tendu.

« Ma première déposition ne vous a pas convaincu ? Vous m'arrêtez ? » plaisante le présentateur.

Le commissaire Reboul explique les nécessités du recoupement minutieux, dans une enquête de cette nature. Et puis, au détour d'une phrase banale, il lâche négligemment :

« A ce propos, dites-moi, monsieur Masure, vous ne m'avez pas tout dit, hier, lorsque nous avons parlé d'Yves Mourousi... »

Vieille tactique du comique chez Molière, cette manière de poser des questions sibyllines en laissant entendre qu'on connaît la réponse donne rarement de bons résultats, mais Reboul a remarqué que chez les gens peu sûrs d'eux, elle provoquait parfois quelque effet. Et de fait, voici que Masure blêmit sous son masque d'éternel plaisantin bronzé. Le voici qui hésite, trébuche sur les mots, se livre enfin :

« Ah, on vous a mis au courant de la petite altercation que nous avons eue, Yves et moi...

— Petite altercation, le mot est peut-être faible... bluffe le policier.

— Vous savez, dans cette maison, riposte très vite Bruno Masure, tout prend tout de suite des proportions énormes. Nous vivons dans un univers de rumeurs, de cancans, de petits coups fourrés. La moindre discussion un peu vive prend des allures de dispute finale. Mais rassurez-vous, le moindre mot gentil devient aussi un mot d'amour, et même de passion. “ Coco, tu sais, j'ai adoré ton dernier sujet, tu as vraiment un talent historique ” ne veut pas dire plus que “ ton dernier reportage n'était pas mal ” !

— Mmm, marmonne le commissaire en semblant approuver. Mais pour en revenir à votre “ petite altercation ” avec Yves Mourousi...

— J'imagine que dans une baraque où tout le monde parle à tort et à travers, on a déjà dû vous raconter trente versions de ce petit incident... (Tiens, pourtant non ! remarque Reboul, pour lui-même). Eh bien donc, cela se passait... attendez... cela se passait exactement jeudi dernier, dans le couloir, ici à côté de cette pièce. Yves m'a dit qu'en définitive, il avait confirmé à Bouygues qu'il entendait garder « son 13 heures ». J'avoue que sur le moment je l'ai assez mal pris. Vous savez que je n'ai rien contre Yves — c'est un vieil ami. Mais des fois, vraiment, son cirque devient exaspérant. Personne ne l'obligeait, personne ne lui a suggéré de laisser tomber « son 13 heures ». C'est lui qui est allé trouver directement Bouygues, sans prévenir personne à la rédaction, pour lui dire qu'il abandonnait. Bon, à partir de cela, l'autre entame des consultations. Tout le Paris de l'audiovisuel a défilé dans son bureau (n'exagérons pas... commente intérieurement Reboul). On arrive à une nomination, dont il se trouve que je suis le bénéficiaire. Et vlan, sans plus prévenir, M. Yves Mourousi revient sur sa décision ! La star ne veut pas décrocher de son rôle à succès... même si, au demeurant, le succès est plutôt déclinant, les indices d'audience le prouvent... !

— C'est cela que vous lui avez dit, vertement, dans les couloirs, jeudi dernier ?

— Eh oui... Vertement, je le reconnais, mais j'en avais gros sur la patate... Encore une fois, ce n'était pas une promotion extraordinaire pour moi, que de passer du « 20 heures » au « 13 heures »...

— Du « 20 heures » trois fois par semaine au « 13 heures » tous les jours, avec une émission d'un genre nouveau et beaucoup de moyens, fait observer le commissaire...

— Je vois que vous progressez vite dans la connaissance des petits travers de l'audiovisuel ! s'amuse Masure (qui a néanmoins l'air de rire jaune, pense Reboul). Bon, c'est vrai que l'idée de ce nouveau rôle me plaisait bien, et que je commençais à m'y faire. J'ai explosé quand j'ai appris la volte-face d'Yves. Mais rassurez-vous, j'ai été déçu une heure ou deux, et je suis reparti sur mon sillon de présentateur du « 20 heures » comme en quarante, sans l'ombre d'un état d'âme. Surtout pas à l'égard d'Yves Mourousi, pour qui j'ai une vraie affection depuis toujours...

— Pourtant hier, non seulement vous m'avez caché

cette dispute, mais vous m'avez dit que vous aviez réservé votre réponse à M. Bouygues ?

— Oui, avoue Masure. Je reconnais avoir minimisé mon intérêt pour cette nouvelle formule du “ 13 heures ”. Je sais bien, moi, que je ne lèverais pas le petit doigt contre Mourousi. Mais j'ai eu peur, ne vous connaissant pas, que vous ne fassiez l'hypothèse contraire, et que je ne vous fournisse quelque chose qui aurait pu ressembler à un mobile...

— Comme vous dites...

— Je reconnais que c'est idiot, puisque dans une baraque comme celle-là (le mot a décidément l'air de lui convenir pour désigner TF1, remarque Reboul) il était de toute façon inévitable qu'on vienne tout vous raconter... Peut-être qu'inconsciemment je me disais que, pendant ce temps-là, vous mettriez la main sur les vrais coupables...

— Ouais... Est-ce que vous reconnaissez néanmoins avoir proféré des menaces à l'encontre d'Yves Mourousi ? bluffe une nouvelle fois le commissaire.

— Des menaces... répète Bruno Masure, visiblement effaré par le tour que prend l'interrogatoire. Dans un milieu comme le nôtre, je vous le répète, on se dit des choses assez vives, mais cela ne porte pas à conséquence. Vous savez, c'est comme dans les romans policiers, un personnage a dit à la victime : “ J'aurai ta peau ”, comme mille personnes l'ont fait à l'égard de mille autres dans le même village le même jour, et cela fait de lui un coupable tout désigné ! Mais un faux coupable !

— Vous avez dit : “ J'aurai ta peau ” à Yves Mourousi ?

— Oui, sans doute... (le journaliste présente maintenant les signes de la plus vive inquiétude). Oui, je crois... »

Reboul se demande si Masure est prêt pour l'estocade. Il l'attaque durement :

« Il y a autre chose, monsieur Masure !

— Ah ? Quoi encore ?

— Vous connaissez Sushi Yamamoto ?

— ... (Masure a l'air étonné, il prend deux secondes

de réflexion avant de répondre.) Oui, mais je ne vois pas le rapport. Sushi est le dirigeant pour l'Europe d'une société d'électronique japonaise, Mishiba. C'est un type très marrant. Nous l'avons connu, ma femme et moi, par des amis communs...

— Les Liebaert ? s'enquiert Reboul, sur le ton de celui qui sait.

— ... (Nouvelle hésitation, nouvel air de surprise.) Absolument. Mais je vous le demande encore, quel rapport ?

— Vous ne voyez vraiment pas, monsieur Masure ?

— Alors là, pas du tout, fait le journaliste, qui semble sidéré.

— Au cas où vous ne le sauriez vraiment pas, monsieur Masure — le commissaire s'est mis à égrener ses mots, très lentement, comme pour rechercher un effet théâtral —, la société que représente M. Yamamoto construit entre autres des déclencheurs du type de celui qui a été utilisé pour le meurtre de lundi. Des déclencheurs introuvables en France...

— Ciel ! », s'écrie Masure, qui a l'air sincèrement atterré...

Le présentateur s'est lentement assis sur une chaise. Il a posé les deux mains sur la table, devant lui, et regarde dans le vague. Sur son front, une veine s'est mise à battre. Il est livide.

« Si je comprends bien, me voilà dans de beaux draps ! plaisante-t-il sur un ton que le policier trouve faux. Je comprends mieux, maintenant, les grandes erreurs judiciaires. Tout paraît s'enclencher : mobile, présence sur les lieux du meurtre, complices, arme du crime. Et pourtant le coupable est innocent. Ma propre situation me paraît soudain tout à fait irréelle, monsieur le commissaire... »

Mercredi, 17 h 30, boulevard Saint-Germain (Paris 6e)

Raymond Barre est en train de compulser le rapport — bien trop long — de son groupe d'experts sur l'industrie automobile. Sa secrétaire frappe à la porte, et vient lui annoncer la visite, prévue, de « M. Yvon Briant ».

« Qu'il entre ! », tonne le meilleur économiste de France.

Bien que nettement plus jeune que son hôte, Yvon Briant est déjà un routier de la droite extrême. Son passage par le Front national, ses démêlés politiques et judiciaires avec Philippe Malaud, en font l'un des bons connaisseurs, et l'une des têtes politiques, de la fraction la plus droitière de la droite classique. Raymond Barre lui tend la main, et lui lance d'un ton enjoué :

« Alors, quel bon vent vous amène ? »

Le visiteur est fort décontenancé par cet accueil : il est ici parce qu'on lui a demandé de venir ! Philippe Mestre, le bras droit de Barre, qui est à l'origine du rendez-vous, aurait-il négligé d'en avertir son patron ? Peu probable, assurément. Mais voilà bien comme sont les gens devant « Monsieur Barre » : ils n'osent pas le contredire. Briant, qui n'est pourtant pas du sérail, n'échappe pas à la règle :

« Eh bien, j'ai pensé, enfin nous avons pensé, M. Mestre et moi, qu'il pourrait être nécessaire pour vous, après l'assassinat de Jean-Marie Le Pen, enfin que je pourrais peut-être vous être utile dans cette période, comme intermédiaire...

— Entendons-nous bien, cher monsieur, l'interrompt l'ancien Premier ministre. Je suis candidat à une élection présidentielle de la Ve République, je ne constitue pas un gouvernement de la IIIe... Je n'ai pas besoin d'intermédiaire avec je ne sais quel groupuscule politique... »

« Ma parole, il va m'engueuler, en plus ! », se dit Briant. Mais Raymond Barre a imperceptiblement changé de ton pour terminer sa phrase (sans doute se souvient-il des conseils, comme toujours judicieux, que lui a prodigués tout à l'heure son coiffeur, Julien, à deux pas d'ici, boulevard Saint-Germain) :

« Cela dit, poursuit-il, croyez que je suis sensible à votre démarche, et que je suis évidemment très attentif à ce que la disparition de Le Pen ne profite pas à mon principal concurrent... Où en est-on, chez les gens du Front national, d'après ce que vous savez ? »

Rasséréné, Briant se met en devoir d'expliquer au candidat de l'U.D.F. la bataille Mégret-Stirbois, les aspects financiers de la querelle, la probable scission du Front.

« Ah ? Vous pensez que cela ira jusque-là ?

— Cela me paraît maintenant inévitable...

— Dans ces conditions, fait remarquer Barre, il serait mal venu que Jacques Chirac ait des contacts opératoires avec ceux qui vont l'emporter, et qu'on organise pour moi des contacts exploratoires avec les autres... »

Briant en convient, et explique que telle n'est bien sûr pas sa perspective. Il entend, des deux côtés à la fois et, surtout progressivement, du côté du clan qui se détachera dans les sondages — proposer en sous-main aux dirigeants du Front un pacte de non-agression entre l'extrême-droite et le candidat Barre pendant la campagne. Ce pacte s'accompagnerait d'un accord, consenti par Mégret et Stirbois, à l'issue duquel les attaques de l'extrême-droite se concentreraient désormais sur la gestion gouvernementale des années 1986-1988.

« Ainsi, conclut-il, cet accord serait à la fois utile pour le premier tour puisqu'il ferait de Chirac la cible des attaques de Mégret et Stirbois, et pour le second tour, en facilitant les transferts de voix vers vous...

— Tout cela me paraît bel et bon, cher monsieur, approuve Barre. Mais que voudront ces gens, en échange ?

— Je pense, monsieur le Premier ministre, qu'il faudrait leur laisser entrevoir deux ou trois nominations à des postes intéressants...

— Vous ne me surprenez pas ! Écoutez... (Barre observe quelques secondes de silence, fait mine de chercher un papier sur son bureau)... On me dit qu'éventuellement, quelque chose pourrait être possible du côté de l'Agence pour la maîtrise de l'énergie, ou peut-être de l'Institut national de la communication audio-visuelle... Qu'en pensez-vous ?

— Pas mal ! Je vais tester cela. »

Barre s'est déjà levé. Son visiteur a tout de même le temps d'ajouter une question :

« Et en ce qui me concerne, monsieur le Premier ministre...

— Oui, affecte de s'étonner Raymond Barre.

— Eh bien... Puis-je personnellement espérer, après votre élection, qu'il sera tenu compte de mon intervention ?

— Écoutez, cher monsieur. Vous prenez une responsabilité, en conscience. Je ne vous charge pour mon compte d'aucune négociation. Si du reste votre mission ne gardait pas un caractère suffisant de confidentialité, je me verrais dans l'obligation de la désavouer (Briant, un instant, se croit dans un épisode de " Mission impossible " : la C.I.A., elle non plus, ne " couvre " pas ses agents démasqués !). Vous faites cela parce que vous estimez que c'est bon pour la France... et non pas pour votre carrière, j'imagine. Ceci posé, il va de soi que, le moment venu, je saurai me souvenir de ceux qui auront pris des risques pour soutenir la candidature de la raison et de l'avenir... »

Mercredi, 19 heures, le « journal » de Jean Duchateau

Ce que me dit Chantal de l'enquête de police ne me convainc guère, et ne va pas dans le sens des résultats de mes propres investigations d'aujourd'hui. Et puis, comment croire sérieusement qu'une tentative aussi minutieusement organisée n'avait pour cible que ce pauvre Yves Mourousi ? Comment croire à la culpabilité d'un Bruno Masure, d'un Dominique Bromberger ?

Je les connais bien, l'un et l'autre — je dîne, même, ce soir chez Bromberger. Ce sont des « gentils », pas des tueurs. La police s'imagine trop facilement que l'ambition transforme ainsi les hommes. Dans leur cas, ce qu'ils ont su faire, à temps, c'est simplement changer de spécialité ! Ils viennent tous deux de la « politique intérieure », et se sont échinés pendant des années à suivre les congrès des partis politiques ou les voyages présidentiels en province, avant de comprendre que la politique mène à tout à condition d'en sortir, ce qu'ils ont fait, l'un pour la présentation des journaux télévisés, l'autre pour la politique étrangère. C'est d'ailleurs amusant : la politique intérieure n'a guère d'intérêt à la radio-télévision, elle réduit les journalistes à un rôle de porte-micros des hommes politiques, qui se considèrent comme « chez eux » sur les ondes. En revanche, être passé par un service de politique intérieure paraît une bonne chose pour progresser, ensuite, dans la hiérarchie de la notoriété ou des responsabilités. Je ne pense pas seulement à Masure et à Bromberger mais à Poivre d'Arvor, Michèle Cotta, Albert du Roy, Joseph Poli et quelques autres...

La piste du déclencheur Mishiba me paraît autrement plus sérieuse, et je m'étonne que la police ne cherche pas plus activement de ce côté-là. A moins que Chantal ne m'ait pas tout dit ? Il est vrai que je ne lui dis pas tout non plus. Ainsi ne lui ai-je pas raconté que, ce midi, « Chez Edgar » — où je déjeunais avec Michel Roussin, du cabinet de Chirac, pour les besoins de mon enquête —, Michel Noir et Alain Madelin, qui mangeaient à des tables séparées, ont, à un moment, quitté leurs convives, affectant d'aller aux toilettes. Ils ont en fait gagné l'un et l'autre le premier étage, pour un aparté de dix bonnes minutes...

Mercredi, 20 h 30, rue du Bouquet-de-Longchamp, Paris (16e)

Deux policiers en civil font la « planque », dans une voiture banalisée, garée juste en face de l'appartement des Bromberger.

« Mais, je le connais ce citoyen..., affirme l'un des flics, en voyant quelqu'un descendre d'une voiture avec chauffeur.

— Oui, tu le connais, réplique son collègue physionomiste, c'est le ministre des PTT, Gérard Longuet... »

Nouvel arrivant, à pied, trois minutes plus tard. Cette fois, même le moins avisé des deux policiers reconnaît le ministre de l'Industrie, Alain Madelin.

6

GRAND ANGLE

Jeudi, 8 heures, salle de réunions de TF1,
rue Cognacq-Jay

« Quoi de neuf, Chantal ? », demande Eugène Reboul, l'air de celui qui ne s'attend à rien de spécial ce matin. Pourtant, l'inspecteur principal, qui l'a précédé d'une demi-heure, a plusieurs indications tout à fait intéressantes à lui fournir, à la suite de la moisson effectuée par leurs collègues.

« Première chose, lance-t-elle : tu sais, l'association anti-Le Pen de Noir et de ses copains...

— Oui, " Le Réveil "...

— Précisément, " Le Réveil ", eh bien ce " Réveil " a, deux ou trois fois, au cours de ses réunions, utilisé un matériel vidéo, notamment pour se reprojeter des bandes d'extraits d'émissions de Le Pen...

— Mmm, marmonne le commissaire, et alors, tu veux dire qu'ils répétaient leur tir sur l'écran avec des pistolets à bouchon ! Non franchement, tu n'as rien de plus sérieux ? Il n'est pas étonnant qu'un groupe anti-Le Pen révise son Le Pen de temps en temps...

— Mais laisse-moi aller jusqu'au bout, s'il te plaît. Je ne suis pas idiote au point de trouver suspect qu'on se serve d'un magnétoscope. Mais ce qui a attiré mon attention, c'est que le technicien qu'ils utilisent dans ces cas-là est un technicien de la télé, militant F.O. à ses heures, du nom de Jean-Paul Lestiac...

— Sacré nom d'un... Ça alors... (Pour le coup, le

commissaire est tout à fait intéressé.) Lestiac, l'un des trois techniciens de TF1 présents sur le plateau à l'heure du meurtre et qui n'avaient pas d'alibi ! Lestiac...

— Oui, et attends, j'ai autre chose concernant ce Lestiac...

— Autre chose ? On aurait dû s'intéresser plus tôt à ce client, reconnaît Reboul.

— Les collègues s'en sont bien chargés, à ce qu'il me semble, note Chantal. L'autre chose n'est pas non plus, en soi, complètement probante, mais, dans le contexte, ça m'a aussi intriguée...

— Oui ? interroge Reboul, redevenu extrêmement attentif.

— Eh bien, ce Lestiac joue au tennis, le dimanche, du côté de Cheverny, avec... de Rosen... !

— Le directeur de cabinet de Madelin ?

— Soi-même ! Tu ne trouves pas ça bizarre, toi, ce technicien de la télé qui fréquente les chefs R.P.R. et qui joue au tennis en Sologne avec un aristo qui dirige le cabinet du ministre — U.D.F. — de l'Industrie ?

— Je reconnais que ce n'est pas banal, concède le commissaire. Et puis c'est assez étrange cette connexion à la fois avec Noir et avec Madelin. Il va falloir l'avoir à l'œil. Placer des écoutes à son domicile, à son lieu de travail, chez sa maîtresse s'il en a une...

— Oui, j'appelle le juge ? », demande Chantal, incapable de décider si, en guise de réponse à sa question, le regard de Reboul traduit de l'irritation ou une simple surprise.

Dernière des nouvelles du matin : l'interrogatoire, hier soir, d'Alexis Liebaert, rentré de voyage. Le journaliste a confirmé les relations nouées avec Sushi Yamamoto, et les dîners en ville des couples Masure et Liebaert avec Yamamoto.

« Tiens-toi bien, poursuit Chantal. Je te lis la suite de l'interrogatoire textuellement. A la question : " Avez-vous parlé avec lui d'un déclencheur électronique nouveau de marque Mishiba ? ", Liebaert a répondu : " En effet, nous avons abordé ce sujet deux ou trois fois. C'est normal : il paraît que c'est un petit miracle de précision, et justement, ça va sortir bientôt. " A la question : “ Avez-vous vu un modèle de ce déclencheur vous-même ? ” Liebaert a répondu : “ Non, mais je crois que Bruno et Cathy, eux, en ont vu un à la campagne, un dimanche. ” Liebaert demandant alors si ce déclencheur avait un rapport avec le meurtre, nous lui avons, conformément aux consignes, répondu affirmativement. Le journaliste a alors paru extrêmement affecté. Voilà... Donc, ils savaient, je veux dire Masure et Liebaert savaient, pour le déclencheur !

— Ouais, commente Reboul. Ce qui est embêtant, c’est que les deux pistes, celle de Le Pen et celle de Mourousi, semblent toutes les deux aboutir à des coupables vraisemblables ! Ce ne peut pourtant pas être à la fois Noir, ou Madelin, avec l’aide d’un Lestiac d’un côté, et Masure, avec ou sans l’aide d’un Liebaert, de l’autre !

— Pourquoi pas ? Tu ne vois pas qu’il y ait vraiment eu deux bandes sur le coup, l’une pour assassiner Le Pen, et l’autre pour tuer Mourousi ? Tu imagines la tête des derniers, quand ils ont vu exploser Jean-Marie le Pen !...

— Ne dis pas n’importe quoi, Chantal, je t’en prie... Reprenons... »

Jeudi, 9 heures, le « journal » de Jean Duchateau

Avant de reprendre mon Meurtre à TF1 *— je pense avoir beaucoup progressé, hier — je regarde distraitement les images des obsèques de Le Pen, à la télé, puisque TF1 a cru bon de retransmettre cette cérémonie, en direct, dans son intégralité. Ils ont rappelé Zitrone pour le commentaire. Il faut dire qu’il est impayable, Zitrone. Il mourra — en tout cas, c’est sûrement son souhait inconscient — un micro à la main : celui d’une télé un jour de funérailles ou de mariage princier, ou plus probablement lors de l’ouverture d’un supermarché ou d’une quinzaine commerciale de province puisque, pour ne pas dételer, Léon cause désormais n’importe où, pourvu qu’il y ait un micro et qu’on le reconnaisse. C’est dur, semble-t-il, les fins de carrière des gloires de la télé !*

Par certains aspects, ça en devient presque touchant. L'autre jour, passant à Cognacq-Jay devant une salle de mixage, j'ai vu Zitrone, qui enregistrait un commentaire de course hippique. L'ami auprès duquel je m'en étonnais m'a expliqué : sur certains documents d'actualité anciens, conservés par l'I.N.A., le son a été détérioré. Zitrone est l'un de ceux qui acceptent de venir — vingt ans, trente ans après ! — refaire leur commentaire en faux direct, « comme s'ils y étaient », pour le cas, au reste improbable, où dans les années à venir une télévision souhaiterait se servir d'un extrait de ce document d'archives...

Pour l'heure, il débite sentencieusement, sur TF1, comme si elles étaient de son cru, les lignes du programme de la cérémonie, imprimé à l'intention des journalistes par le service de presse du Front national...

J'ai manqué l'essentiel du discours de Bruno Mégret, à cause du téléphone. C'était un appel de Catherine Lamour, de Canal Plus. Elle avait appris — c'est fou ce que les nouvelles vont vite — que je rédigeais Meurtre à TF1, *et souhaitait m'en proposer une adaptation télévisée. J'ai demandé à réfléchir, mais suis enclin à accepter : la même productrice n'a-t-elle pas déjà été la première à appeler mon éditeur, après la publication de mon dernier livre ?*

Jeudi, 10 heures, boulevard Malesherbes à Paris (8e)

Jacques Bille n'est pas mécontent de son idée : inviter, au siège de l'Association des agences conseils en publicité (l'AACP), quelques publicitaires et conseillers en communication renommés, pour parler librement — et de manière privée — de la campagne présidentielle. Bille, énarque binoclard, sérieux comme un pape dans le travail, l'air volontiers pincé, adore en fait s'amuser. Hélas pour lui, ses fonctions de conseiller de Raymond Barre ne lui donnent guère plus d'occasions de plaisanter que celles de dirigeant de l'Association des publicitaires...

Ce matin, au moins il aura du spectacle, puisque les

stars de la profession Jacques Séguéla (de RSCG), Jacques Hintzy (d'Opus), Francis Meyer (de Young et Rubicam), Alain de Pouzilhac (de HDM), Jean Feldman (de FCA), Jean-Claude Boulet (de BDDP) et le conseiller en communication Michel Bongrand ont accepté son invitation. Déjà, tout à l'heure, l'air faussement enjoué de Séguéla lorsqu'il tendit une main crispée à Pouzilhac valait la peine d'être dégusté... Surtout en cette enceinte ! Les querelles des publicitaires valent bien celle des hommes politiques... Aucun des présents ne participe directement à l'élaboration de la stratégie publicitaire de Raymond Barre. C'est là tout l'intérêt pour Bille : il va pouvoir bénéficier d'un *audit* des campagnes, et comme tout se sait en politique — surtout si on aide à le faire savoir — il ne sera pas mauvais « en termes d'opinion » qu'on apprenne dans Paris que certains des meilleurs spécialistes de la « pub » sont venus donner un coup de main discret... Ce ne sera pas mauvais non plus pour le statut personnel de Bille au sein du « staff » barriste, comme il dit. D'autant que, s'il a invité Antoine de Clermont-Tonnerre à sa petite sauterie, il a soigneusement omis d'y convier les principaux animateurs de la cellule « presse et communication » de son candidat préféré, notamment l'honni Jacques Alexandre et le brillant touche-à-tout Bernard Brun.

Pendant la première heure de la conversation, Bille et Clermont-Tonnerre seront surpris par ce que le second appellera le « sinistrisme » des publicitaires. On a commencé, sur la proposition de Séguéla, par parler des campagnes des candidats de gauche. Et tout le monde a l'air de les trouver très bonnes ! Même celle de Juquin — Bille s'échine en vain à annoncer qu'il ne pourra pas aller jusqu'au bout faute des signatures nécessaires à une candidature officielle — a droit aux adjectifs de « rafraîchissante » (Pouzilhac), « bien en phase avec le produit » (Feldman), et même « remarquable par sa novation en ce qu'elle rompt avec l'essence même du concept de communication publicitaire » (Séguéla).

Mieux, ou plutôt pis encore : la campagne de Lajoinie semble trouver grâce aux yeux des seigneurs de la pub !

« Le regard du paysan du Danube est aujourd'hui le seul, sur les affiches, qui parle vraiment vrai, affirme Boulet.

— Les pâtes Barilla avaient su se démarquer, faire “ classe ” par rapport aux autres, alors que les maîtresses de maison savent pertinemment que les pâtes sont toutes faites avec les mêmes produits de base. De même, Lajoinie est en train de faire la preuve de sa différence avec Marchais, tout en employant les mêmes ingrédients, risque Meyer.

— C'est une campagne remarquable en ce sens qu'il y a une forte homogénéité entre l'affichage commercial, l'affichage sauvage et le discours du candidat à la radio et à la télévision, renchérit Hintzy. »

Bille et Clermont-Tonnerre croient rêver : les inventeurs géniaux seraient-ils devenus des militants anticapitalistes ? Ils comprennent mieux lorsqu'on passe dans le camp de la droite : invités chez Barre (que, secrètement, ils espéraient rencontrer en chair et en os : ils ne savent pas encore que, tout à l'heure, il leur fera l'insigne honneur de venir déjeuner avec eux, ici même, sur place...), invités chez un candidat de droite donc, ils transcrivent, en politique, leur « numéro » habituel. Ayant valorisé les partis d'en face, ils vont décrier la stratégie publicitaire du camp concerné, pour mieux faire ressortir *leur* possible apport, dans l'hypothèse où ils seraient, eux, responsables de la campagne !

Sacré bon Dieu, mais c'est bien sûr la campagne de Chirac ne vaut pas grand-chose ! Si Boulet reste muet sur ce point, les autres sont intarissables.

« Dans une élection qui se gagne au centre, le sourire de Chirac sur cette photo est beaucoup trop volontaire, avance Hintzy.

— Tout cet espace libre au bas de l'affiche est une invitation provocante aux graffiti sauvages qui permettent de la détourner, assure Feldman.

— Connaissant Jacques Chirac comme je le connais — et je crois pouvoir dire que je le connais bien — je sens qu'il va être désormais gêné dans ses faits et gestes par l'existence même de cette affiche, parce qu'il sait qu'elle ne lui ressemble pas », tranche Bongrand en allumant son deuxième havane.

Mais les vannes sont vraiment ouvertes lorsqu'on passe à la campagne de Raymond Barre.

« On est là pour parler franchement, non ? Alors, disons-le sans détour, c'est plat, morne, sans personnalité. C'est une campagne de débutants, lance Pouzilhac.

— Le sourire est trop béat, compte tenu des difficultés de la vie quotidienne des gens. Avec des trucs comme ça, vous allez renforcer l'image d'un personnage hautain et satisfait, estime Hintzy.

— Le slogan est fade, il pourrait être employé par tous les autres candidats, ajoute Séguéla. Je ne suis pas là pour rappeler la force du slogan de " la force tranquille " en 81, mais enfin, il est grand temps que vous mettiez dans une pièce quelques vrais créatifs, et qu'ils vous trouvent un slogan qui rende, sans agressivité, la " couleur " de cette candidature...

— A propos de couleur, insiste Bongrand, même un débutant devrait savoir qu'en quadrichromie on n'emploie pas ce marron clair, qui " bave " affreusement comme fond de panneau.

— Ça ne va pas du tout, il est temps de vous ressaisir et de travailler enfin sérieusement », conclut Meyer.

Lorsqu'en revanche, Clermont-Tonnerre lancera les hôtes de Bille sur une « réorientation possible des messages », après la disparition de Le Pen, les publicitaires deviendront plus circonspects.

« Tout dépend de vos choix. Faites-nous de la bonne politique, nous vous ferons de la bonne publicité ! » résumera Séguéla. Et Bongrand sera fort esseulé lorsqu'il professera :

« Dans l'inconscient des petites gens, Le Pen représentait quelque chose de solide, de palpable, d'immuable, dans un monde qui s'en va à vau-l'eau. Il faut que Barre assume cette fonction pour eux, désormais. Plus que jamais, le sens du slogan devrait être travaillé à mon avis autour du concept " Barre-confiance ". »

Jeudi, midi, rue Béranger, Paris (3e)

L'inspecteur Daroze pense que ces gens de la télé ne se débrouillent décidément pas mal. Installé dans le salon du confortable appartement de M. et Mme Noël Mamère (« Tout le monde m'appelle Fanchon », l'a prévenu son hôtesse), il admire en connaisseur la belle et dynamique jeune femme blonde, qui répond sans détour à ses questions, avec son accent du Sud-Ouest chantant.

« Nano vous a dit ça ? Il s'est encore planté... Ce n'est pas lundi, mais dimanche qu'on a déjeuné avec Lepetit. Lundi, Nano a déjeuné avec... (elle consulte son agenda)... Christian Bernadac et Gérard Saint-Paul, de FR3. Vous pouvez vérifier !

— Bien sûr, nous vérifierons, madame. Mais comment se fait-il que votre mari ait pu se tromper de la sorte ?

— Oh, vous savez... Il a dû penser que ça ne portait pas à conséquence, et il préférait qu'on ne sache pas trop, à Antenne 2, qu'il voyait les gens de la 3 !

— Ah bon ?

— Eh oui... Bernadac lui propose en ce moment de venir diriger et animer une nouvelle émission hebdomadaire en direct sur FR3, et Nano n'a pas envie que l'affaire s'ébruite trop tôt... »

Curieux, ces gens de la télé, pense Daroze : ils préfèrent courir le risque d'être soupçonnés de meurtre que de faire état de leurs projets professionnels...

Jeudi, 12 h 30, rue Cognacq-Jay

Chantal Dupuis vient chercher Reboul pour déjeuner. Celui-ci vient de reposer le combiné téléphonique. Il a l'air perplexe.

« Tu fais une drôle de tête, commissaire ! lui lance sa collaboratrice.

— Ouais... Il y a plusieurs choses qui me tracassent. D'abord, je crois qu'on a tort de séparer dans nos hypothèses les journalistes d'un côté et les hommes politiques de l'autre... Ces gens-là n'arrêtent pas de se fréquenter...

— Évidemment, le coupe Chantal. C'est normal, ils ont besoin les uns des autres. Les politiciens ont besoin que les journalistes parlent d'eux, et les journalistes ont besoin d'entretenir leurs sources !

— Certes, certes. Mais les spécialistes de politique étrangère, qu'est-ce qu'ils ont à faire avec les ministres des PTT ou de l'Industrie ? Longuet et Madelin dînaient hier soir chez Bromberger...

— L'inspecteur Martin m'a aussi fait passer l'information ce matin, j'ai vérifié la connexion. Ça n'a rien à voir avec la politique, enfin presque. Il se trouve qu'ils étaient étudiants ensemble à Sciences-Po. Bromberger dirigeait même la liste qui a été élue, à l'époque, à la tête de l'Amicale des élèves. Et Longuet était avec lui sur cette liste. Tu te rends compte : sa première élection, ça doit quand même créer des liens !

— Mmm, marmonne Reboul en grimaçant. Même expliqué comme ça, ça montre en tout cas qu'ils se connaissent bien et depuis longtemps. Ils ne nous en avaient rien dit.

— Faut dire qu'on ne le leur avait pas demandé ! fait observer Chantal dans un sourire.

— Ouais... Il y a une autre chose, plus inquiétante... le dénommé Lestiac, notre technicien, militant de choc... Eh bien, hier soir, vers 22 heures, il est arrivé, en voiture, accompagné de Devedjian...

— Le maire d'Antony ?

— Oui. Un chiraquien qui ne passe pas pour être de la fraction “ tendre ” du R.P.R... Bref, il lui servait de chauffeur, et ils sont allés à la Résidence universitaire d'Antony. Là, dans une chambre qui est normalement occupée par un Congolais, ils ont rencontré... je te le donne en mille !

— Je ne sais pas, moi, proteste Chantal. Ne joue pas aux devinettes. Qui ?

— Michel Noir !

— Noir ? Alors, là, je ne vois pas du tout la connexion...

— Moi non plus. Et ce brave Lestiac, en ce moment, tu sais où il est ?

— Arrête, je te dis. Où est-il ?

— On vient de m'appeler : il s'entraîne au tir chez Gastinne Renette ! Il paraît que ce monsieur est un grand amateur d'armes à feu... »

Eugène Reboul et Chantal Dupuis se regardent un long moment en silence, comme effrayés par les conséquences possibles de leurs découvertes. Un membre du gouvernement de la République, notoirement hostile à Le Pen, et même animateur d'un courant anti-le Pen, présent sans alibi sur les lieux du meurtre du Président du Front national, rencontre secrètement la nuit un membre de la tendance « dure » du R.P.R., en compagnie d'un technicien de télévision, lui-même présent sans alibi sur les lieux du crime, et de surcroît grand spécialiste d'armes à feu ! Et ce même ministre est intervenu personnellement en faveur de l'importation en France du déclencheur électronique qui a servi de mécanisme central pour l'attentat...

« Ça fait beaucoup pour le même ministre, non ? », commente Reboul.

Jeudi, 12 h 45, rue Barbès à Montrouge (Hauts-de-Seine)

Le téléphone gris sonne sur le bureau du directeur des études politiques de la SOFRES, Jérôme Jaffré, alors qu'il s'apprête à partir déjeuner avec Jacques Toubon. Irrité, il décroche et lance à sa secrétaire :

« Je vous ai dit que je n'étais plus là pour personne !

— Mais... C'est Jean-Marc Lech ! »

Jaffré en reste interdit : tout le petit monde politico-sondomaniaque sait que l'homme de la SOFRES et celui d'IPSOS se haïssent, ne se rencontrent jamais, ne perdent pas la moindre occasion de se dénigrer. Que signifie cet appel ?

« Passez-le-moi !... Allô ?

— Allô, Jérôme, salut ! fait l'autre d'un ton enjoué. Écoute, je t'appelle parce que j'ai eu une idée que je crois marrante...

— Dis toujours, concède Jaffré.

— Voilà : il s'agit des opérations " Estimation " à la radio et à la télé le soir du scrutin présidentiel. Nous sommes au fond un très petit nombre à réaliser ces opérations pour toutes les radios et toutes les télés. Rien que moi, je bosse ce soir-là pour TF1, RTL et *Le Point*...

— Je sais, le coupe Jaffré, énervé que Lech lui rappelle qu'il a perdu ce marché et que la SOFRES a dû se réfugier sur une chaîne plus confidentielle... Et alors ?

— J'ai pensé à un truc qui pourrait être fendant. Puisque tout le monde croit nos estimations de 20 heures sur parole, on pourrait se mettre d'accord, le jour du second tour, pour donner, sur toutes les chaînes, un résultat inversé ! Si Barre passe, on dirait qu'il est battu ! Ça pourrait faire une soirée du feu de Dieu !

— Tu es complètement givré, mon pauvre Jean-Marc », lui rétorque Jaffré, interloqué par la proposition.

Dans l'ascenseur, quelques minutes plus tard, il avancera à son P.-D.G., Pierre Weill, une première explication de ce singulier coup de fil :

« Il commence à avoir peur de se planter dans ses estimations, comme le soir des municipales en 77. Il cherche à nous déstabiliser...

— A mon avis, c'est plutôt une opération politique, lui rétorque Weill. L'Élysée commence à sentir que Barre va gagner... »

Jeudi, 13 h 15, boulevard Saint-Germain à Paris (7e)

Au siège de l'état-major rocardien, le député Claude Évin, que ses collaborateurs, un tantinet agacés par ses tendances autoritaires, ont baptisé « le play-boy de la Loire-Atlantique », a provoqué une réunion spéciale de « media-planning ». Il résume la situation :

« Avec toutes ces initiatives de l'Élysée, et compte tenu de la situation créée par l'assassinat de Le Pen, Michel est en recul dans les médias. On ne parle plus de nous. Il faut réagir ! Nous sommes donc ici en séance opérationnelle, pour prendre des décisions exécutoires ! »

Affable, lisse, souriant, mais plus ferme que son apparence tranquille pourrait le laisser croire, Guy Carcassonne prend la parole :

« Je crois tout de même qu'avant cela, il faut faire le point des dernières études que nous avons réalisées sur Michel, pour savoir où on en est, en termes d'image. Je propose que Pierre Zémor ou Gérard Grunberg nous résument la situation. »

Pendant qu'on passe sandwiches et canettes de bière, Zémor, professeur de marketing à H.E.C., compagnon de route de Michel Rocard depuis toujours, explique :

« Les deux séries de résultats dont nous disposons sont convergentes. Nous avons d'abord les " tests d'impact " sur nos derniers messages. Quels que soient les indices — scores de reconnaissance, scores d'attribution, scores d'acceptation — les résultats sont moins bons qu'il y a quinze jours. »

S'apercevant que le député Alain Richard écarquille les yeux devant tant de technicité, Zémor précise :

« Cela veut dire en clair que l'efficacité du message rocardien apparaît en relative perte de vitesse. Je pense donc, comme Claude Évin, qu'il faut reprendre l'offensive en direction des médias, ce qui a peut-être été fait de manière insuffisante ces derniers jours, ajoute-t-il en évitant de regarder du côté de Guy Carcassonne, Gérard va vous dire maintenant ce qu'on trouve dans les enquêtes qualitatives. »

Gérard Grunberg, politologue, remet ses lunettes toutes rondes et classe les innombrables feuilles de papier posées devant lui.

« Nous avons provoqué la tenue de quatre réunions de groupe projectives...

— De quoi ? s'étrangle le réalisateur Jean Lallier, qui ose demander tout haut ce que plusieurs n'osaient pas formuler.

— De réunions de groupes, reprend Grunberg. C'est une technique où, avec l'aide d'un psychologue-animateur, on met dans une pièce pendant plusieurs heures une dizaine de personnes, et on les fait parler, jouer, faire des tests. Bref, on fouille avec eux, sur un plan rationnel mais aussi irrationnel, comment leurs opinions se forment et quelles sont les structures de leurs attitudes...

— Et c'est fiable, même avec si peu de personnes ? interroge encore Lallier.

— Absolument. C'est même souvent plus fin que les sondages, lui répond Grunberg. D'ailleurs, les publicitaires utilisent ces techniques depuis des années, et nous-mêmes, qui en faisons depuis cinq ou six ans, nous avons toujours bien analysé et prévu toutes les évolutions de l'opinion par rapport à Michel... »

Les conclusions de politologue rejoignent celles de spécialiste de marketing : Michel Rocard passe aux yeux de l'opinion pour « le grand absent » du débat politique. De l'image de « candidat à tout prix », il risque de passer à celle de « non-candidat par excellence » si l'on n'y prend garde...

Quelles initiatives prendre par rapport aux médias ? Carcassonne fait le point sur la presse écrite. Cela marche bien avec les quotidiens régionaux : les initiatives, les meetings, les conférences de presse en province sont bien « couverts ». C'est plus difficile avec la presse parisienne.

« Surtout avec *Le Monde* », précise Frédéric Thiriez. Le petit groupe passe un moment à se lamenter, comme d'habitude, sur l'incompréhension de ce journal à l'égard de Michel Rocard.

« De toute façon, tranche Carcassonne, ce dont nous avons besoin, c'est d'une relance immédiate, et spectaculaire, qui passe donc plutôt par l'audiovisuel. »

Tous en conviennent. Mais quel « créneau » adopter ? L'émission « L'Heure de vérité » n'est plus disponible : Rocard y est passé il n'y a pas si longtemps, et le planning de François-Henri de Virieu est maintenant rempli jusqu'à l'élection. « Face au public » est possible, mais Évin et Richard doutent de son impact dans l'opinion.

Toutes les émissions politiques des chaînes posant problème — soit pour certaines parce que Rocard ne peut y être invité en ce moment, soit pour d'autres parce que le groupe est réticent à leur égard — c'est finalement Carcassonne qui fait la proposition recevant l'assentiment général :

« J'ai eu Élie Vannier au téléphone, Michel pourrait, si on le souhaite, être invité au journal d'Antenne 2, par exemple demain soir à 20 heures. Ce serait seulement pour quatre minutes. Mais, ça a une audience forte. Ce sera bien repris par la presse du lendemain. Et on pourra ensuite embrayer dans quelques jours par un " Face au public "... »

Reste à savoir ce que « Michel » dira. Carcassonne résume l'impression générale :

« Il faut réaxer le discours de Michel à gauche. Les sondages sont bons pour nous au centre. C'est à gauche que nous sommes en déficit d'affection, pour le moment. Il faut redonner un coup de barre (le mot fait sourire Évin) de ce côté-là. J'ai préparé un petit texte que Michel pourrait donner à l'A.F.P. dès aujourd'hui, et sur lequel il pourrait " rebondir " demain sur l'A2. Je vous le dis : " *Chacun sait que je me suis toujours élevé contre les dogmes et les guerres de religion. Chacun connaît mon combat pour dépoussiérer le socialisme français de ses anciennes scories idéologiques, et de son langage archaïque. Chacun a pu mesurer ma volonté de réalisme dans l'analyse économique et sociale. Fort de ces années de parler lucide, je le dis aujourd'hui tout aussi tranquillement : la France a, en ce moment, besoin d'une vraie gauche, et la gauche a besoin de retrouver son âme. La mort de Jean-Marie Le Pen semble provoquer une compétition ahurissante, à qui saura le mieux récupérer les voix de l'extrême-droite. On se presse au portillon des valeurs d'autorité, d'ordre et de sécurité. Jusqu'aux niveaux les plus élevés de responsabilité de la gauche française. Moi qui n'ai jamais eu, même dans ma jeunesse, la moindre sympathie pour l'extrême-droite, je m'autorise de ma fidélité aux idéaux de la gauche, pour inviter tous les responsables du socialisme français, tous les démocrates, à mettre aujourd'hui en avant, non pas des concepts purement défensifs, mais des valeurs de générosité, de solidarité et de fraternité. Les citoyens de ce pays sont là, qui nous jugent. Ils ne pardonneraient pas à la gauche, à leur gauche, d'abandonner ses idées pour récupérer l'héritage électoral du Front national.* "

— Est-ce qu'il est très habile, interroge Zémor, de dire, " moi qui n'ai jamais eu de sympathie pour l'extrême-droite " ? Est-il utile d'attaquer ainsi Chevènement, qui sera peut-être notre allié dans quelques mois ?

— Tu crois vraiment que c'est Chevènement qui est visé ? », demande, goguenard, Jean Lallier...

Jeudi, 15 heures, avenue Montaigne à Paris (8e)

Assis en arc de cercle en face de leur P.-D.G., les membres de l'état-major d'Antenne 2 ont été convoqués pour trouver des ripostes possibles à l'irrésistible progression de TF1. Le responsable des études et sondages de la chaîne, Michel Souchon, a été prié de faire le point et vient de le confirmer : l'assassinat de Le Pen, en contribuant à braquer à nouveau tous les projecteurs sur TF1, vient de faire gagner trois points de plus de part de marché à la chaîne de Bouygues !

« Ce qui est préoccupant, conclut le révérend père des études, c'est que cet effritement atteint maintenant les cadres supérieurs, et les hommes de dix-huit à trente-cinq ans, qui ont toujours constitué le fond de clientèle fidèle d'Antenne 2.

— Vous avez entendu, mais bien sûr vous le sentiez spontanément, affirme Contamine à l'intention de ses troupes. J'attends donc vos propositions. »

Le P.-D.G. regarde ses collaborateurs : le directeur général, placide, précis, organisé, Henri Pérez (qu'il appelle « le Chat ») ; le financier, Jean Rouilly, si habile à ficeler les partenaires des coproductions dans des conventions léonines (lui, il l'appelle « l'Aigle ») ; les hommes des programmes, Louis Bériot, l'ancienne âme damnée de Jean-Pierre Elkabbach (qu'une partie de la rédaction a si injustement baptisé « Herr Kommandant » à cause de son physique de grand blond aux yeux d'acier, mais que lui préfère nommer « l'Écolo »), Jean

Minot (« le Beau Gosse ») ; et enfin l'homme de l'information, Élie Vannier (« le Cocker »).

Contamine se sent fier de lui : aucun de ces hommes n'est là par sa volonté ; ils avaient tous fait leurs preuves avant lui. Mais lui a su, comme P.-D.G., leur faire donner toute leur mesure. Il savoure son triomphe — oubliant un moment que l'heure est à l'inquiétude — et pense à la vraie raison de son succès dans le maniement des responsables : c'est, tout simplement, que ces hommes le craignent !

La discussion bute sur une difficulté : faut-il essayer de battre TF1 sur son point fort du moment, le terrain politique (« C'est la première fois depuis treize ans que la politique explique la montée d'une chaîne de télévision », a fait remarquer Souchon), ou faut-il contre-attaquer sur un autre front ?

« Moi, je ferais comme Mitterrand, en cas de crise, lance Bériot à qui l'on n'imaginait pas ce type de référence. Je trouverais un thème de diversion. Rappelez-vous le référendum sur le référendum, en 85, ou le financement des partis politiques, en 87. Ça ne marche pas forcément longtemps dans l'opinion, mais ça détourne l'attention et ça permet d'amorcer la contre-attaque en profondeur. Moi, face à un succès de nature politique, je jouerais très *people,* j'appuierais sur les variétés et les jeux. On a justement deux propositions très intéressantes, et qui en plus sont totalement sponsorisées... »

Finalement, on adopte une solution de compromis. Côté contre-attaque politique, Bernard Pivot organisera un « Apostrophes » spécial sur les « affaires » de ces dernières années ; Jacques Chancel invitera les candidats présidentiels au « Grand Échiquier » ; Armand Jammot fera un « Dossier de l'écran » sur l'extrême-droite ; et on retiendra la proposition présentée par Michel Drucker au nom de sa maison de production, de programmer une soirée spéciale de la 2 où l'on ferait chanter les hommes politiques, qui joueraient, par ailleurs, pendant l'émission à un grand monopoly alimenté par les versements en direct des téléspectateurs, le produit allant aux associations d'aide au quart monde.

« Comme c'est une soirée spéciale, faut-il sortir Cavada de son placard et faire participer Gérard Holz à la présentation ? demande Minot. Je vous rappelle qu'ils sont théoriquement là pour ça. C'est même grâce à cette carotte que Holz n'est pas parti diriger le service des sports sur la " une "...

— D'abord, j'ai déjà dit qu'on ne devait pas dire la " une ", ici, mais TF1 ! Ensuite, quand on a la chance d'avoir une proposition de Drucker, étant donné ce que nous savons des envies de TF1 de nous le subtiliser, c'est une aubaine qu'on ne compromet pas en mettant Cavada ou Holz dans le coup ! », tranche le P.-D.G.

Côté diversion, Antenne 2 intégrera trois nouveautés à sa grille de programme : « Pognon », une série supervisée par Paul-Loup Sulitzer (notre petit groupe ignore qu'avant-hier TF1 vient justement d'accepter le même projet : ainsi va la télévision que les mêmes idées sont acceptées au même moment partout...) ; « Vitatop », une émission « pour être en forme » ; et « si on chantait », nouvelle formule de radio-crochet produite avec le concours de Coca-Cola.

« L'avantage de ces émissions, rappelle Pérez, c'est que non seulement elles sont " sponsorisées " ou " bartérisées ", c'est-à-dire financées par les spots publicitaires qu'elles garantissent, mais qu'elles rapportent 25 % net avant impôts à la chaîne...

— Vive le service public ! », glousse Rouilly.

« Y'en a pas deux comme l'A2 », pense intérieurement Vannier.

En revanche, bien qu'elle puisse présenter un taux de rentabilité encore supérieur, Contamine repousse fermement une nouvelle proposition d'émission érotique : « N'oublions pas notre rôle éducatif envers les enfants, dont trop souvent les parents nous laissent en fait la responsabilité. Nous avons charge d'âmes... »

Jeudi, 16 heures, hôtel Matignon

Jacques Chirac s'amuse. Il relit, pour le signer, son courrier de candidat, qui a pris du retard. Les réponses préparées par son cabinet, qu'il n'a plus qu'à parapher, l'enchantent autant que la diversité des requêtes. Pour l'essentiel, aujourd'hui, il s'agit de lettres émanant d'associations, qui demandent — visiblement à chaque compétiteur de l'élection présidentielle — ce que le candidat pense de leur sujet favori, et quels engagements il est prêt à souscrire en ce domaine, dans le cas où il serait élu.

Tout y passe : la défense des animaux, l'aide aux clochers endommagés, les homosexuels bretons, les chorales laïques, les hindouistes repentis... Chirac est ravi de signer, en réponse à une association de défense et de promotion du tiercé, une lettre qu'on lui fait commencer par ces mots : « Moi qui, à l'occasion, aime bien faire mon tiercé le dimanche... » ! Cela le déride d'autant plus qu'il se souvient parfaitement avoir signé, la semaine dernière, un courrier adressé à une association hostile au tiercé, qui commençait par : « Moi qui ne suis pas joueur... » ! Cela lui rappelle un jour où, à l'Élysée, il attendait le Président de la République, un de plus puisque, pour un Premier ministre, la cohabitation, cela veut dire aussi que l'on passe son temps à attendre un François Mitterrand toujours en retard... Le directeur de cabinet de Tonton, Jean-Claude Colliard lui aussi dans l'attente du chef de l'État, lui avait raconté qu'en 1981, Mitterrand avait signé, à une heure d'intervalle, deux lettres dont l'une commençait par « fumeur moi-même... » et l'autre par « non-fumeur moi-même... » !

Du coup, Jacques Chirac trouve une solution à laquelle ses collaborateurs n'avaient point songé. Le dossier suivant lui demande en effet de choisir laquelle des deux lettres annexées il préfère signer. La première est adressée à une association militant pour la réduction du nombre d'étrangers en France ; elle commence par : « Attaché comme vous le savez à ce qui constitue le fondement de notre unité nationale... » La seconde est rédigée à l'intention d'une association de défense de la pluralité technique et culturelle dans la France moderne ; elle s'ouvre par ces termes : « Attaché comme vous le savez à la liberté fondamentale d'aller et venir... » Toutes deux ont cette conclusion : « ... je ne peux qu'être vivement intéressé par le travail et les objectifs de votre Association, et vous prie de croire à toute ma sympathie. » Le Premier ministre-candidat sourit de toutes ses dents, et... signe les deux lettres.

Jetant tout à coup un regard sur l'horloge, Jacques Chirac décroche vivement le téléphone et s'enquiert :

« M. Toubon attend toujours ?

— Bien sûr, monsieur le Premier ministre...

— Faites-le entrer. »

Toubon est accompagné du sénateur Roger Romani et de Jean-Jacques Guillet, du cabinet du ministre de l'Intérieur. Ils viennent faire le point du dispositif technique de la campagne chiraquienne.

« Quoi de neuf ? interroge d'emblée le candidat. La nouvelle affiche est-elle prête ?

— On l'aura demain, précise Toubon. J'ai eu Goudard tout à l'heure. Ils ont pris finalement la photo sans lunettes, il paraît qu'elle sort très bien...

— Côté panneaux, cette fois, pas de problème ? On a bien une présence massive ?

— Et comment ! On est partout, depuis les panneaux lumineux de Jean-Claude Decaux à Paris jusqu'aux petites zones rurales, en passant par des quatre mètres sur trois dans toutes les communes de plus de cinq mille habitants. C'est l'affichage le plus complet jamais réalisé en France. Remise faite, on en a quand même pour deux millions !

— Bien, approuve Jacques Chirac. Remarquez, je me demande toujours si c'est très utile, toutes ces affiches...

— J'ai posé la question l'autre jour à Goudard, raconte Guillet. Il m'a répondu qu'aucun publicitaire n'en savait rien, mais qu'on ne pouvait tout de même pas prendre le risque de ne pas en coller !

— D'autant que, ne pas coller, ça passerait pour un aveu de faiblesse », renchérit Romani.

Toubon fait un point rapide des relations avec les imprimeurs : pas de problèmes de ce côté-là.

« Il ne manquerait plus qu'il y en ait ! C'est tout

de même l'un des bons côtés du pouvoir ! », plaisante le Premier ministre.

Roger Romani profite de ce *briefing* sur l'affichage pour préciser que les militants R.P.R. exécutent parfaitement la consigne, pourtant non écrite, qui leur a été passée ; ils ne « caviardent » que les affiches de Raymond Barre.

Autre point de l'ordre du jour : la campagne téléphonique. Toubon donne les résultats — excellents selon lui — des trois sociétés de marketing téléphonique qu'il a chargées d'effectuer des appels directs à des citoyens. On est à cinq mille coups de téléphone par jour pour le « tout-venant » comme il dit, et plus de mille six cents « appels sur listes », avec « messages personnalisés », auprès d'élus locaux de petites communes, de petits patrons, de médecins, de juifs pieds-noirs, etc. « Et on va monter en puissance dans les prochains jours, annonce-t-il. D'autant qu'on a de nouveaux listings ciblés, tout à fait performants. »

Il y a aussi les messages enregistrés, que les citoyens peuvent entendre en composant le numéro d'un des répondeurs installés dans chaque permanence du candidat : « Bonjour, ne quittez pas, Jacques Chirac a enregistré un message téléphonique spécialement à votre intention. Je vous passe donc Jacques Chirac... »

« Bon, quoi d'autre ? demande Chirac, qui commence à trouver que la réunion s'éternise.

— Le reste, on le verra à notre niveau, répond Toubon. Simplement, au passage, au cas où tu les rencontrerais dans un prochain meeting, ou sur un plateau de télévision, je te le dis pour que tu penses à les remercier, on a de nouvelles adhésions au Comité de soutien constitué chez les artistes...

— Celui qui est précédé par Line Renaud ?

— Oui. On a, en plus, aujourd'hui, Loulou Gasté...

— C'est qui, ça ? s'étonne Chirac.

— C'est un compositeur célèbre. Je crois qu'il a fait la musique de *Ma p'tite folie*...

— C'est bon, ça, commente le Premier ministre, qui d'autre ?

— Gérard Lenorman, qui avait d'abord adhéré chez Barre, vient chez nous.

— Et puis Sylvie Vartan, qui pourrait même chanter dans un meeting de la campagne. Ça n'est pas Madonna, mais enfin, ça plaira plus à nos militants.

— Excellent ! On n'a toujours pas de sondage d'intentions de vote fiable sur les retombées de la disparition de Le Pen ? s'inquiète Chirac.

— D'après les indications partielles que je commence à avoir, analyse Guillet, si Mégret, ou Stirbois, était candidat à la place de Le Pen, il semble que Barre devrait gagner un demi-point et nous deux.

— C'est déjà ça, mais il faudra mieux faire. Cela ne suffit pas », remarque le candidat du R.P.R.

Raccompagnant ses hôtes jusqu'à la porte à double battant, Jacques Chirac prend un instant Toubon par la manche, et lui demande en baissant la voix :

« Comment a été l'émission sur RTL avec Seguin ? Je n'ai pas eu le temps de l'écouter...

— Très bien, franchement très bien. C'est marrant, mais depuis la mort de Le Pen, alors qu'on aurait pu imaginer qu'il voudrait se démarquer, dans la mesure où nous, on a plutôt " droitisé " notre vocabulaire, eh bien non au contraire, il " colle " parfaitement, il est absolument dans la ligne...

— Oui, rétorque le Premier ministre, songeur. J'en finis même par me demander ce que cela cache... »

Jeudi 17 heures,
dans un appartement de Gennevilliers (Hauts-de-Seine)

Jean-Pierre Stirbois est entouré d'une dizaine d'amis, et notamment de trois dirigeants du Front national : Roger Holeindre, Bernard Anthony et Roland Gaucher. L'atmosphère est électrique. On parle haut et fort.

« Cette fois, affirme Holeindre, c'est sûr qu'on est baisés. Tous les gars du Front que j'ai eus au téléphone en province le confirment. La réunion nationale sera une comédie-bouffonne. Ils ont le pognon. Et Yann Piat organise tout le Midi contre nous...

— Je suis maintenant convaincu que Roger a raison, laisse tomber Stirbois. Toutes les informations vont dans ce sens. Si on participe à cette réunion, on est ridiculisés...

— Mais tout de même, tu es secrétaire général du Front ! proteste Roland Gaucher. Ça ne sert à rien de contrôler l'appareil ?

— Qu'est-ce que c'est que l'appareil, quand on a l'argent et les militants du Midi contre soi ? se désole Stirbois. D'autant que ça y est : Jalkh aussi nous a trahis, et donc, même dans la banlieue rouge on va mordre la poussière... »

Que faire ? Se battre, aller à la confrontation du week-end quand même ?

« Remarque, note Holeindre, on pourrait y aller, et si on voit que ça tourne mal, on leur fout un bordel complet. On gueule, on sabote, on casse, on empêche que ça se termine par une décision... »

Mais non : il est dangereux de s'avouer vaincu au sein d'une assemblée apparemment démocratique. Stirbois résume en définitive l'impression générale lorsqu'il conclut :

« Il faut boycotter ce soi-disant " Conseil national ", et lancer tout de suite ma candidature, publiquement. Je vais faire un texte qu'on va téléphoner immédiatement à l'AFP.

— Qu'est-ce que tu vas dire ? demande Holeindre.

— A peu près ceci. » Il sort une feuille de sa poche, et commence à lire :

« " Une fraction d'irresponsables, qui ne détenaient que des fonctions techniques auprès de Jean-Marie Le Pen, paraissent aujourd'hui résolus, quelques heures à peine après l'enterrement de notre chef, à liquider son œuvre au profit de leurs ambitions personnelles. Pour ma part, compagnon fidèle de Jean-Marie Le Pen depuis toujours, secrétaire général en titre du Front national, j'ai décidé de ne plus tarder à dénoncer ces agissements. M'en détournant résolument, je présente ma candidature pour l'élection présidentielle au verdict du peuple français, car c'est le seul verdict qui compte pour moi. Les candidatures à la Présidence n'ont pas à être magouillées par les états-majors politiciens. C'est un dialogue direct qui doit s'engager entre ceux qui se sentent appelés à la plus haute mission et les électeurs français. Vive la France, et France d'abord ! "

— Très bien ! approuve Anthony.

— Je te signale, ajoute Gaucher, que j'ai eu Pierrette Le Pen et le docteur Demarquet. Ils nous soutiennent à fond...

— Mmm, fait Stirbois. Mais est-ce qu'on aura les cinq cents signatures de maires ou d'élus régionaux et nationaux pour valider ma candidature ?

— Ça c'est une autre paire de manche », reconnaît Holeindre.

Jeudi, 17 h 15, quai des Orfèvres

Chantal fait irruption dans l'antre de Reboul.

« Tu sais qui est dans le bureau de Michel Noir en ce moment ? De Rosen, le type de chez Madelin...

— Ah ? fait Reboul en levant à peine la tête de sa lecture.

— Ça n'a pas l'air de t'intéresser outre mesure... Au fait, tu as déserté définitivement Cognacq-Jay, à ce qu'on m'a dit ?

— Oui, je crois que nous n'avons plus grand-chose à y apprendre... Écoute, j'ai l'impression qu'on manie de la dynamite. La section de politique intérieure des R.G. vient de me faire passer la transcription intégrale d'une conversation qui a eu lieu, aujourd'hui même, au premier étage du restaurant Lucas-Carton, place de la Madeleine, entre Jacques Attali, le conseiller spécial de Mitterrand, et François d'Aubert...

— D'Aubert, le député barriste ? Curieuse rencontre...

— Pas si curieuse que cela, paraît-il. D'après les collègues, ce sont de vieux copains de l'E.N.A. Et depuis quelques mois, ils se revoient régulièrement, pour parler de l'après-présidentielle ! En tout cas, un de nos amis avait branché un magnéto. Lis la sténo, c'est plus qu'instructif... »

Chantal s'est versé un verre d'eau d'Évian, qu'elle boit d'un trait. Puis elle s'installe confortablement, cale un coussin derrière ses reins et commence à lire le document que lui a tendu Reboul. Au fur et à mesure de sa progression, le commissaire observe la stupeur se peindre sur son visage, et à certains moments, il sourira même, malgré la gravité du moment, de la voir écarquiller les yeux ou hocher lentement la tête, d'un air interloqué. Il est vrai que la conversation entre Attali et d'Aubert telle que la rapporte la note confidentielle communiquée par les renseignements généraux est rien moins que banale :

D'AUBERT. — Reprenons là où on en était l'autre jour. Repartons de l'hypothèse que mon candidat, ou le tien, est élu à la présidentielle, étant entendu qu'à mon avis ce sera Barre.

ATTALI. — Ce n'est pas mon pronostic...

D'AUBERT. — Bien sûr, vieux ! Ne polémiquons pas là-dessus. Notre seule divergence concerne le moment de la dissolution. Pour nous, il faut dissoudre tout de suite, pour trois raisons : pour établir la prééminence de la fonction présidentielle par rapport au Parlement ; pour amplifier aux législatives la victoire présidentielle grâce à « l'état de grâce » ; et pour nous débarrasser tout à la fois, grâce au scrutin majoritaire, du Front national et d'une bonne partie du R.P.R. Chez vous, on est plutôt pour une dissolution plus tard...

ATTALI. — Oui, pour casser d'abord la droite au sein de l'Assemblée nationale actuelle ! En revanche, pas de divergence sur le mode de scrutin : on gardera le scrutin majoritaire...

D'AUBERT. — C'est important. Ce qui est plus important encore, c'est notre accord stratégique de fond. Dans les mois qui suivront la présidentielle, il faudra briser les coalitions actuelles.

Aboutir à une majorité, telle que la souhaite ce pays, autour de nous et de vous, en coupant définitivement les deux bouts de l'omelette, P.C. d'un côté et Front national de l'autre, et en rejetant tout ce qui est autoritaire au sein du R.P.R...

ATTALI. — *Absolument, comme cela se fait du reste chez la plupart de nos voisins européens modernes! Cela dit, plutôt que de « rejeter une partie du R.P.R. », je dirais plutôt, comme on l'a dit l'autre fois, « casser le R.P.R. »... et si possible « casser en même temps la bande à Léo ». Avec un R.P.R. en l'état, et un Parti républicain inchangé, le re-blocage de la situation sera inévitable!*

D'AUBERT. — *Tout à fait d'accord avec toi! Pour ce qui est de casser le R.P.R., Noir et Seguin s'en chargent. Ils sont maintenant tout à fait convaincus que leur candidat va prendre une gamelle retentissante au premier tour, et que l'immédiat après-présidentielle sera le meilleur moment pour eux pour entamer « l'après-Chirac », sous la houlette de Seguin, contre les Toubon et autres Juppé...*

ATTALI. — *Je pense qu'ils ont raison...*

D'AUBERT. — *Oui. Ils ont du reste déjà commencé à travailler pour la suite avec des gens du P.R., comme tu le sais. Madelin et Longuet marchent main dans la main avec eux...*

ATTALI. — *C'est quand même marrant, comme retournement de l'Histoire...*

D'AUBERT. — *Eh oui! Les gens se sont tellement habitués à penser en termes de P.R., ou R.P.R., qu'ils vont être tout surpris de retrouver Noir et Seguin avec Madelin et Longuet, contre Chirac, Toubon, Juppé et Messmer, avec un Léotard sur le bord de la route...*

ATTALI. — *Pour ce qui est de Léo, ce n'est pas moi qui pleurerai s'il loupe le coche!*

D'AUBERT. — *Moi non plus, tu penses bien. Mais le plus content ce sera encore Giscard! D'ailleurs, la recomposition politique va provoquer des reclassements inattendus. Tiens par exemple, Devedjian...*

ATTALI. — *Le député-maire d'Antony? Lui, il est franchement très à droite...*

D'AUBERT. — *Eh bien, j'ai appris qu'il marchait avec Noir, et qu'il est très favorable à l'opération Madelin... Non, franchement, pour le moment tout ça ne se présente pas trop mal. Ce à quoi il faudra tout de même veiller de près, le moment venu, c'est que les journalistes, ceux de l'audiovisuel surtout, ne présentent pas ces indispensables recompositions sur le ton de la raillerie, en mettant en avant le côté « troisième force », « quatrième République » de ces « combinaisons ».*

ATTALI. — *Ça, c'est toujours ton obsession des médias ! D'ailleurs, tu te trompes : j'ai déjeuné l'autre jour à l'Élysée avec Bruno Masure, de TF1. C'est quelqu'un qui est tout à fait compréhensif à l'égard de tout cela. A mon avis, il devrait être bienveillant. Et ce n'est qu'un exemple que je te cite.*

D'AUBERT. — *Remarque, c'est vrai qu'ils ne sont pas tous idiots, les journalistes de télé. Moi j'ai vu récemment Dominique Bromberger, et j'ai cru comprendre que, pour la grandeur de la France, il comprenait parfaitement l'utilité de ces reclassements et de ces rapprochements...*

Chantal termine sa lecture, regarde le commissaire et articule simplement : « Eh ben dis donc ! »

Jeudi, 18 heures, boulevard Raspail, à Paris (7e)

Laurent Fabius s'exprime devant son « staff ». Tout le monde n'est pas encore arrivé, mais il ouvre la séance.

« J'ai pensé provoquer cette réunion supplémentaire parce que j'ai l'impression qu'on perd du terrain. D'un côté, la droite domine le débat. De l'autre, on laisse de plus en plus, me semble-t-il, le monopole de la parole à François Mitterrand et à Michel Rocard. A mon avis, il faut reprendre l'offensive. Pour commencer, je propose que Jo nous dise où on en est dans l'opinion. »

Joseph Daniel — ancien sondeur devenu publicitaire — explique sur un ton monocorde que « ce n'est pas la joie ». Son visage en effet ne dément pas cette affirmation.

« L'image de Laurent comme président potentiel est

encore assez faible, précise-t-il, notamment chez les cadres supérieurs de gauche. Les images de Mitterrand et de Rocard polluent encore beaucoup l'oxygène politique...

— En tout cas, on n'a plus rien à craindre d'une pollution par l'image de Mauroy ! raille Bennassayag.

— Ni par celle de Jospin ! ajoute Françoise Castro-Fabius.

— Il faut dire que lui n'a jamais rien pollué... reconnaît Jack Lang.

— Si ce n'est le parti socialiste ! » dit une voix non identifiée, au fond de la salle.

Il convient cependant, tous en sont d'accord, de faire quelque chose pour « relancer » le personnage Fabius.

« Trois choses, à cet égard », reprend Fabius...

Jean-Claude Colliard a fermé les yeux. Il se remémore le « triptyque » éternel de Fabius, du temps de Matignon. C'était quoi, déjà ? Investissement, formation, recherche ? Ou quelque chose comme cela... Colliard se rappelle aussi combien, à la rentrée 1985, à l'Élysée, Fabius jouait avec gaucherie les jeunes premiers ministres timorés, face au Président... Il a, c'est clair, pris depuis lors une mâle assurance...

« Trois niveaux d'intervention possible, continue Fabius, le programme, le parti, l'après-présidentielle. En ce qui concerne le programme, où en sont les groupes d'experts, Jean-Michel ? » Jean-Michel Gaillard rend compte de l'état d'avancement des travaux des groupes « fiscalité » et « Europe », avant de préciser :

« Ce qui est vraiment délicat dans la situation actuelle, si on ne veut pas faire de démagogie, c'est de se démarquer des propositions de Barre !

— Surtout, remarque Benassayag dans un sourire, que ce sont souvent les mêmes qui les élaborent. L'autre jour, j'ai rencontré un ami de la Cour des Comptes. Il m'a expliqué qu'il était crevé : il sortait d'une réunion d'experts chez Barre, allait à une réunion d'experts chez Fabius. Le soir, il avait une réunion d'experts chez Rocard, et le lendemain matin il avait une réunion d'experts à l'Élysée avec Pisani !

Remarquez, du coup, on a des conseillers d'État qui travaillent : il m'a dit que c'était dur d'être " ouvrier des requêtes " !

— Sans blague, s'étonne Fabius en soulevant le sourcil gauche cependant que l'assistance rit de bon cœur. Il faut absolument faire cesser de telles pratiques. En ce qui concerne la tonalité à donner au programme d'action, ce serait évidemment plus simple si l'on pouvait croire à un redémarrage prochain de l'activité économique...

— De ce point de vue, prédit Henri Weber, on peut parier au contraire qu'on est entré dans un cycle de dépression, qui va passer maintenant des marchés financiers à celui de la production...

— Sans avoir de formation marxiste, je suis malheureusement d'accord avec toi », reconnaît l'ancien Premier ministre.

Sur la préparation du prochain congrès du P.S., Laurent Fabius met deux thèmes en avant : celui de la moralité nécessaire dans l'élaboration des décisions...

« Bang pour le Rhône, une " fédé " de perdue ! », constate Jack Lang.

Le second thème est celui d'un « recentrage » nécessaire des alliances du parti :

« Puisque Rocard, par esprit purement tacticien, croit bon d'utiliser un vocabulaire de gauche, n'ayons pas peur d'un langage de vérité et axons la discussion des sections sur l'alliance modérée », lance Fabius à une assistance, qui, visiblement, n'imaginait pas qu'il y avait encore des discussions, dans les sections socialistes.

Les participants à la réunion sortent cette fois définitivement de la torpeur ambiante, lorsque le leader du groupe, passant à son dernier point, précise :

« Puisqu'il faudra faire une dissolution assez rapide après la présidentielle, il faut que nous soyons fins prêts pour les législatives. A cet égard, je tiens absolument à ce que vous soyez, tous ici, élus députés, pour veiller au grain dans la prochaine Assemblée. Il va falloir se battre pied à pied avec Jospin pour l'obtention de bonnes circonscriptions. J'en ai récolté trois nouvelles ce matin, deux en province, et même une en région parisienne. Une circonscription de rêve : on peut y aller en métro ! »

Jeudi, 19 heures, quai des Orfèvres

« Bon, Chantal — résume Reboul pour la troisième fois —, reprenons : nous avons dans le même bain deux ministres en exercice : MM. Michel Noir — animateur de la fraction anti-Le Pen du gouvernement — et Alain Madelin, qui ont un mobile puissant, et qui sont de surcroît plus liés qu'un vain peuple ne pourrait croire, puisqu'ils ont des projets d'avenir politique commun. Nous avons, selon toute probabilité, deux journalistes-complices MM. Bruno Masure et Dominique Bromberger. Nous avons la preuve de la connaissance de l'arme — sophistiquée — du crime, le déclencheur électronique Mishiba, par ces quatre messieurs. Nous avons leur présence à tous les quatre, sans alibi, sur les lieux du crime. Nous avons un exécuteur des basses œuvres, le technicien Lestiac, militant à ses heures et grand connaisseur du maniement des armes. Nous avons sans doute en arrière du tableau quelques complices présentables : un troisième ministre, M. Gérard Longuet, un troisième journaliste, M. Alexis Liebaert. Et je suis sûr qu'après un interrogatoire serré, nous apprendrons les noms des complices. Car il y a des complices, c'est certain. C'est une véritable loge P2 à la française à laquelle nous avons affaire...

— Ce que je n'arrive pas à saisir, dit Chantal, c'est ce que rapporte à ces gens l'assassinat de Le Pen...

— L'instruction va permettre de le dire, remarque Reboul. J'ai relu nos notes, après nos premiers entretiens avec Noir et Madelin. Tout était là, déjà. Noir m'a dit qu'avec cette élimination ils étaient “ sortis de la zone des tempêtes ”, et lorsque j'ai fait valoir que cette disparition “ arrangeait bien les choses ”, il m'a répondu : “ elle règle même carrément le problème ”. Et Madelin t'a dit que “ cette disparition ôte une sacrée épine du pied à la droite française " et que, pour les libéraux, elle n'est pas " une si mauvaise affaire "... Tu sais, ces hommes politiques ont parfois l'esprit tordu. En tout cas, je crois qu'on peut considérer le dossier comme bouclé.

— Ce complot est effrayant, Eugène (Chantal a l'air bouleversée). Quand on pense à la préparation que cela a dû demander, au nombre de personnes dans le coup et à la technologie employée, quand on songe à ce guet-apens à TF1 pour Le Pen... Une telle minutie, une telle organisation font froid dans le dos, tu ne trouves pas ?

— Mmm, marmonne le commissaire. Et il faut bien dire que c'est un peu par hasard qu'on a finalement compris ce qui s'était passé.

— Tu exagères, on a fait notre boulot de fourmi...

— Les collègues des RG aussi... Reconnais que, sans la conversation Attali/d'Aubert qui nous a fourni l'arrière-plan politique de tout cela, on n'aurait peut-être pas osé imaginer la connexion Noir/Madelin, ni la complicité entre hommes politiques et journalistes...

— C'est vrai », admet Chantal, qui hésite un instant avant de demander : « Tu crois que l'Élysée est dans le coup ? Après tout, Éric Arnoult était là, aussi, au moment du meurtre, sur le plateau de TF1, et même s'il n'est plus en fonction au palais présidentiel, il est resté très proche. Quant à Attali, il a l'air d'en connaître un rayon...

— Je ne sais pas, je n'arrive pas à avoir une opinion claire là-dessus. Peut-être ? Possible qu'on arrivera à l'établir dans les jours qui viennent. Peut-être aussi qu'on ne le saura jamais... Encore qu'à mon avis les gens de droite qui ont été du complot ont intérêt à " mouiller " leurs petits camarades de gauche qui sont sur le coup...

— En tout cas, pour nous, à ce stade de l'enquête, tu as raison, c'est bouclé — remarque Chantal. Que vas-tu faire, maintenant ? Tu appelles le juge d'instruction ?

— Es-tu inconsciente, Chantal ? On est au cœur d'une affaire d'État. On va peut-être faire plonger le régime tout entier, et tu proposes qu'on appelle le juge. Réfléchis un peu...

— Tu veux dire, le ministre ?

— Bien sûr, Chantal, je téléphone tout de suite à Pasqua... »

7

CHAMP, CONTRE-CHAMP ET CLAP DE FIN

Vendredi, 8 heures, Hôtel de Ville de Paris

Dans l'immense et splendide bureau du maire de Paris, ils sont trois à cette heure inhabituelle, qui tournent en rond : le Premier ministre Jacques Chirac, le ministre d'État Édouard Balladur et le ministre de l'Intérieur Charles Pasqua.

« Mais enfin, Charlie, pourquoi ? Pourquoi un type comme Michel Noir, qui est un garçon honnête et droit, a-t-il trempé dans une machination aussi sordide ? Pourquoi avec Madelin ? Tout cela est invraisemblable, insensé, inadmissible...

— Je sais, mon petit Jacques, je sais... »

Cela fait des années, pense Chirac, qu'il ne m'a pas appelé comme cela... Ah, l'admirable Charlie, l'inestimable compagnon, l'organisateur infatigable, le militant hors pair... Est-ce la fin ? Sont-ils pris au piège d'un complot dont ils ne savaient pourtant rien, dont ils ne pouvaient pas imaginer qu'il se tramait, là, sous leurs yeux, au sein même du gouvernement ?

« L'explication politique avancée par Charles Pasqua est simple, tranche Balladur. Et elle est malheureusement tout à fait vraisemblable. Nos malheureux amis ont eu un raisonnement à courte vue et ils ont voulu faire un coup de billard à double bande. D'abord se débarrasser de Le Pen, en espérant ainsi liquider le danger d'extrême-droite...

— Quelle folie ! commente le Premier ministre.

— Assurément, c'est folie que tout cela, répond le ministre d'État. Et puis ensuite, dans le fil de notre défaite à l'élection présidentielle...

— Notre défaite ? s'étonne Jacques Chirac.

— Enfin, reprend embarrassé le ministre d'État, j'essaie de reconstituer leur raisonnement. Bien sûr, je ne parle pas pour nous : nous travaillons pour la victoire, nous y croyons. Mais eux, pas. Ils pensent que nous allons perdre. Et ils espèrent, grâce à cela, se débarrasser de nous, ensuite, comme de toute la direction légitime du R.P.R. C'est même pour cela que Noir et Seguin étaient si corrects, politiquement, dans la dernière période...

— Pardon ? demande le président du R.P.R.

— Eh bien oui, s'il devait y avoir un vaste déballage post-électoral dans nos rangs, après la présidentielle, ce clan ne voulait pas risquer d'apparaître par leur attitude ambiguë, aux yeux des militants ou du groupe parlementaire, comme les responsables de la déroute de notre candidat...

Ils devaient au contraire passer pour des gens raisonnables, ayant fait entrer en ligne de compte leur esprit de discipline avant leurs options personnelles, lesquelles sont de toute façon connues depuis longtemps, puisqu'ils avaient déjà pris le soin de les claironner !

— C'est honteux ! se lamente Jacques Chirac. Quand je pense que cela fait des mois que Toubon, Juppé, Messmer et même Fillon attirent mon attention sur leur duplicité...

— Ils ne se doutaient quand même pas que certains d'entre eux fomentaient un assassinat ! », fait remarquer Charles Pasqua.

Au mot d'assassinat, chacun s'est tu, comme ramené à une douloureuse réalité. Le trio a repris sa déambulation silencieuse dans le bureau. Le premier, le ministre de l'Intérieur va s'asseoir dans un fauteuil, près de la cheminée. Et c'est lui qui reprend, *mezzo voce* :

« Que faisons-nous ? Le commissaire Reboul m'a fait part hier soir des éléments de son enquête. Je n'ai pas pu vous joindre avant 23 heures, puisque vous étiez l'un et l'autre à Fort-de-France...

— D'où nous avons immédiatement repris l'avion, fait observer Balladur.

— Bien sûr. Et c'est une bonne chose d'avoir organisé notre rencontre ici. Mais maintenant, il faut nous décider, continue Pasqua. La police a des présomptions graves contre certains membres de notre gouvernement. Elle a des commencements de preuve. Pas d'aveux certes, mais ce n'est qu'une question de temps. Le dossier est accablant. Reboul n'est pas allé réinterroger Noir, ni Madelin, ni leurs comparses. On peut encore, je le crois, étouffer l'affaire. Mais si on n'arrête pas tout maintenant, je ne réponds plus de rien...

— Si on décide d'arrêter, peut-on être sûr qu'il n'y aura pas de fuite ? interroge le ministre de l'Économie et des Finances.

— Je pense pouvoir m'en porter garant, avance Pasqua. Reboul et son équipe sont de bons policiers. Moyennant un entretien confidentiel avec eux sur le mode dramatique, dans le style " la survie de la République est entre vos mains ", moyennant aussi quelques avancements bien dosés, on doit pouvoir s'en sortir...

— Et la justice ?

— Personne ne sait rien encore. Mais il faut faire vite... »

Le Premier ministre écoute distraitement le dialogue qui se poursuit entre ses deux collaborateurs, ses deux amis. Il leur sait gré d'explorer toutes les possibilités, de tenter de lui « sauver la mise ». Déjà pourtant, sa décision est prise. On n'échappe pas à son destin. Amoureux de la chose publique, de la République, en un mot, Jacques Chirac n'entend pas rester dans la course présidentielle au prix de ce qu'il considère comme une forfaiture.

De toute façon, que vaudrait la Présidence de la République avec l'épée de Damoclès d'un tel scandale au-dessus de la tête ? Quant aux assurances données par Charles Pasqua, Jacques Chirac sourit en pensant que Charles Hernu avait dû recevoir les mêmes avant les affaires Luchaire ou Greenpeace. On avait vu la suite. Non décidément, il n'y a rien à faire. D'autant que, d'après une information transmise à l'aube par Denis Baudouin, une révélation fracassante sur le meurtre de Le Pen doit paraître dans le prochain *Journal du Dimanche,* sous la plume de Michel Schiffres. Inutile donc de s'enfermer dans un infernal mensonge.

L'enquête doit se poursuivre. La rigueur de la loi doit passer. Les conséquences politiques sont secondaires par rapport à l'intérêt de la nation.

Peut-être aussi, au fond de lui-même, Jacques Chirac se refuse-t-il encore à croire tout à fait à cette incroyable vérité...

Vendredi, 10 heures, rue Cognaq-Jay

Un peu surpris de se retrouver à nouveau dans les locaux de la télévision, le commissaire Reboul manque de peu de s'étaler de tout son long en se prenant les pieds dans un câble. Son attention avait été détournée un instant, à la vision d'Yves Mourousi, traversant le hall d'entrée.

« Tu as vu ? lance-t-il à sa collègue. Il est revenu.

— Oui, répond Chantal. J'ai entendu ça ce matin à la radio. Il paraît qu'il a perdu cinq kilos. C'est vrai qu'il a encore l'air pâle. »

Trois quarts d'heure plus tard, la vie de Jean-Paul Lestiac, technicien de son état, n'a plus de secrets pour le commissaire et l'inspecteur principal. Enfin presque. L'individu, la quarantaine, petit râblé au poil brun abondant, continuait d'égrener sans difficulté devant eux ses activités professionnelles et politiques. Oui, il était sur le plateau lundi pendant le meurtre. Oui, il est amateur de tir. Oui, il sert de technicien, et parfois de chauffeur à M. Devedjian, et aussi à l'association « Le Réveil ».

Et puis tout à coup, son regard se voile d'inquiétude. L'attitude placide fait place à un léger tremblement. La main cherche fébrilement une introuvable cigarette dans le blouson de cuir. Le commissaire vient de demander :

« La marque Mishiba, cela évoque quoi, pour vous ? »

Cela lui suggère bien sûr le domaine de l'électronique, le matériel sophistiqué, la technique avancée. Quoi encore ? Le technicien s'éponge le front, paraît réfléchir intensément. Le policier insiste. Il esquive encore. Le commissaire revient à la charge. Finalement, Lestiac paraît prendre une résolution. Il respire profondément puis répond :

« Bon, écoutez... Voilà... Vous en savez visiblement beaucoup. Moi, je ne veux pas payer pour d'autres. C'est vrai que j'ai connecté le déclencheur électronique. C'est vrai que j'ai aidé à cette opération. Mais, je ne sais pas comment vous convaincre, monsieur le commissaire, parce que c'est vrai que je ne pouvais pas encaisser Le Pen, mais je ne savais pas du tout que ça allait servir à un attentat. Je ne savais même pas que cette caméra servirait à filmer Le Pen. J'ai cru à une opération pour déclencher tout à fait autre chose, par exemple des photos instantanées, ou un dispositif scientifique nouveau, en direct. D'autant que le gars qui m'a demandé ça, c'est quand même un journaliste scientifique...

— Quoi ? articule Reboul en déglutissant difficilement. Un journaliste scientifique ? Qui ça ?

— Eh ben, le scientifique de la rédaction de TF1, Michel Chevalet. Un gars sympa comme tout d'ailleurs, cool et tout... »

Reboul et Dupuis auront beau insister, rien n'y fera. Les relations militantes de Lestiac, affirme-t-il, n'ont aucun rapport avec cette affaire. Et s'il joue au tennis avec de Rosen en Sologne, c'est qu'il va voir sa belle-mère dans la maison d'à côté, et qu'il se trouve être un excellent joueur.

« D'ailleurs, pourquoi pas ? M. de Rosen, il est pas fier. Et du reste, à Latche, M. Mitterrand il joue bien avec un cameraman de l'Agence Sygma... »

Vendredi, 11 h 30, rue Cognaq-Jay

Reboul ayant filé place Bauveau rendre compte au ministre, Chantal a la charge d'interroger Michel Chevalet, qu'elle a vu cent fois, sur son petit écran, lui expliquer en termes très simples — sans qu'elle ait jamais rien compris — les histoires de satellites ou de machines à communiquer.

Devant elle, le journaliste ne résiste que mollement.

« Écoutez, l'ami que j'ai aidé dans cette affaire m'a prévenu, il y a deux jours, que vous étiez sur la piste du déclencheur Mishiba, et qu'il valait mieux que je vous dise ce que je savais, si vous arriviez jusqu'à moi. J'espère que ça ne va pas lui porter tort, parce que je ne sais vraiment pas qui est derrière quoi dans cette histoire... »

Bref, Chevalet raconte à Chantal Dupuis qu'un soir, lors d'une soirée chez les Masure, à l'occasion de l'anniversaire du présentateur, Liebaert puis Yamamoto lui-même lui ont parlé du fameux déclencheur électronique. A cette soirée, il y avait aussi un ami qui, plusieurs semaines plus tard, lui a demandé si l'on pouvait envisager de placer ce mécanisme à l'arrivée d'un câble de caméra...

« Il m'a expliqué, raconte Chevalet, que c'était pour réaliser un gag, à signification politique. Dès que la caméra serait sur Le Pen, un jet puissant de crème anglaise devait être déclenché ! Cela aurait contribué à dé-crédibiliser Le Pen. J'ai trouvé l'idée pas bien méchante et assez marrante. J'ai donc mis un technicien sur le coup et on a monté la blague.

— Ce technicien, c'est Lestiac ?

— Oui, oui... Jean-Paul Lestiac... je ne pouvais pas imaginer que la crème anglaise serait remplacée par des balles réelles...

— Et l'ami qui est à l'origine de ce coup monté ?

— Eh bien, c'est... »

Le déclenchement subit de bruits et d'effets Larsen dans l'interphone de la pièce empêchent Chantal d'entendre distinctement la réponse du journaliste, même si elle croit, en espérant se tromper, reconnaître un nom.

« Qui dites-vous ? » demande-t-elle, haletante.

La réponse de Chevalet la laisse inerte, médusée, absente...

Vendredi, midi, le « journal » de Jean Duchateau

Chantal, brave fille, vient de m'appeler. C'est la fin.

Nous ne sommes pas si mal protégés, quoi que disent certains de la dégradation de la sécurité en ce beau pays de France : la police est bel et bien remontée jusqu'au coupable. Chevalet, comme je le lui avais suggéré, a mangé le morceau. Je suis repéré. Je suis identifié.

Je me préparais, depuis quelque temps, à affronter cette nouvelle étape. Je n'aurais pas laissé accuser publiquement des membres du gouvernement ou des journalistes — en tout cas, pas plus de deux ou trois jours, le temps de laisser peut-être le juge d'instruction jouer les cow-boys, comme ils le font tous. En tout état de cause, j'étais prêt à avouer ce qu'ils vont appeler mon crime. Me voilà contraint de faire cette confession un peu plus tôt que prévu, voilà tout. Je suis donc bel et bien le meurtrier. Duchateau est le seul coupable de cette fable. J'ai, avec l'aide involontaire d'un chroniqueur et d'un technicien, agi sciemment, pour faire taire le porte-parole de l'extrême-droite française. C'est peu dire que je n'en conçois pas de regret. J'ai pris un étrange plaisir à organiser ce meurtre symbolique. Sacré vedette par les médias, Le Pen a péri médiatiquement.

Voilà la France débarrassée de lui. Je me sens tranquille et vide. C'est bien la fin : par la fenêtre, je vois, en bas de mon immeuble, les policiers qui viennent m'arrêter. Ma belle amie Chantal est avec eux. J'espère qu'elle ne m'en voudra pas trop.

Les hypothèses qu'elle et son patron avaient échafaudées étaient aussi vraisemblables que finalement absurdes. Noir, Madelin, les autres responsables mis en cause, se contentent de faire un travail politique et n'ont jamais songé à abattre le fondateur du Front national. Ils ont simplement été victimes de coïncidences. Tout comme Masure ou Bromberger, qui se contentent de faire, avec les autres vedettes de TF1, leur travail de journalistes professionnels dans un environnement de plus en plus difficile parce que de plus en plus dominé par des considérations extérieures à l'information. J'ai, moi Duchateau, agi seul, persuadé que ma justice vaut bien celle de la République, qui n'en finit pas d'acquitter Le Pen. Ma sentence — un meurtre audiovisuel et… littéraire — vaut bien celle des lois de ce pays, qui n'arrêtent pas de l'amnistier.

La police pénètre dans mon immeuble. Je n'ai plus le temps de jeter sur le papier ce qu'ont été mes motivations politiques : ce n'est pas grave puisque je les ai, déjà, consignées au début de ce journal. Je vais tenter de faire passer ces notes à mon éditeur, pour que nul n'en ignore.

J'ai pensé un moment, tout à l'heure, me supprimer. Disparaître à jamais. Mais non, je veux pouvoir parler encore. Me justifier, et entamer le seul dialogue qui compte vraiment : celui qu'on entretient avec l'Histoire. Comment me jugera-t-elle ?

DERNIÈRE MINUTE

Au moment de mettre sous presse, l'éditeur de ce volume a appris l'extraordinaire subterfuge organisé par M. Le Pen. Pressentant les dangers qui l'entouraient, le président du Front national s'était, dans les derniers temps, fait remplacer par son sosie, recruté par l'intermédiaire d'une agence spécialisée. C'est ce dernier qui a été abattu, tout le monde le sait maintenant, sur le plateau d'Yves Mourousi. Tel est donc l'incroyable engrenage : un sosie a été assassiné par un pseudonyme. Les historiens de demain verront sûrement dans cette conjonction le signe d'une époque où la politique fut essentiellement simulacre...